AF274399

Noches blancas
y otros relatos

Fiódor Dostoyevski

Plutón
Ediciones

COLECCIÓN
ETERNA

Noches blancas
y otros relatos

Fiódor Dostoyevski

TRADUCCIÓN: ALARIC DUKASS

© Plutón Ediciones X, s. l., 2025

Segunda Edición: 2025
Tercera Edición: 2025
Cuarta Edición: 2026

Diseño de cubierta: Alejandro Díaz
Maquetación: Saul Rojas

Edita: Plutón Ediciones X, s. l.,

E-mail: contacto@plutonediciones.com
http://www.plutonediciones.com

Impreso en España / Printed in Spain

I.S.B.N: 978-84-10233-81-2
Depósito Legal: B-23377-2024

ESTUDIO PRELIMINAR

Fiódor Mijáilovich Dostoyevski nació un 11 de noviembre de 1821 en Moscú, Rusia. Fue el segundo hijo de los siete que tuvo el matrimonio formado por Mijaíl Andréievich Dostoyevski y María Fiódorovna Necháyeva. Su padre trabajaba como médico en un hospital para pobres de Moscú y era bastante autoritario. Su madre, en cambio, fue una mujer amorosa que sirvió de refugio a sus hijos. Cuando contaba once años, la familia se mudó a una aldea donde su padre había adquirido unas tierras y en 1834 entraría a estudiar la secundaria junto a su hermano Mijaíl en el Leonti Chermak.

Apenas unos años después, familia vivió una desgracia, pues la madre fallecía de tuberculosis en 1837, provocando una depresión en su esposo que lo sumiría en el alcoholismo. Fiódor y su hermano fueron enviados entonces a la Escuela de Ingenieros Militares de San Petersburgo, donde entró en contacto por primera vez con la literatura y empezó a interesarse en ella gracias a autores como Shakespeare o Victor Hugo.

Dos años después, en 1839, le llegó la noticia del fallecimiento de su padre, del que se culpó por haber deseado en varias ocasiones que esto ocurriera. En 1841 fue ascendido a alférez y ese mismo año escribiría dos obras de teatro de corte romántico que no se han conservad.

Dostoyevski sufrió toda su vida de epilepsia y esto influyó en su obra, pues esta enfermedad la sufren varios de sus personajes en diferentes obras. Si bien los ataques epilépticos empezaron en sus años de estudiante, no lograría tener un diagnóstico hasta diez años después, incluso viajó al extranjero para intentar descubrir qué le ocurría.

En 1845 dejaría su trabajo en la milicia para dedicarse de lleno a escribir, tras una traducción que hizo de una obra de Balzac el año anterior, se vio animado a dedicarse exclusivamente a la literatura. Así llegó su primera novela *Pobres gentes* que sería editada en formato de libro y le ganaría de forma inmediata una buena fama y crítica.

Tras ese primer éxito, crearía las novelas *El doble, Noches blancas* y *Niétochka Nezvánova*, pero no lograrían cosechar el mismo éxito de la primera, de hecho, recibieron críticas negativas y esto le acabaría provocando una depresión.

En 1849 fue detenido y encarcelado por pertenecer a un grupo secreto llamado Círculo Petrashevski, un grupo de intelectuales liberales. Se los acusaba de conspirar contra el zar Nicolás I. Fue condenado a muerte, pero fue salvado en el último momento y condenado a cinco años de trabajos forzados en Siberia. En la prisión su enfermedad se vería agravada.

Al finalizar esta condena, en 1854 entró como soldado raso en la milicia, que era la segunda parte de su condena. Más tarde, el zar Alejandro II decretó una amnistía que favorecía a Dostoyevski y recuperó su título nobiliario y la libertad de seguir publicando sus escritos.

En 1861 fundó una revista junto a su hermano, y publicó en ella *Humillados y Ofendidos*, historia basada en su época en Siberia. En 1866 publicaría *Crimen y Castigo*, obra que recibió un gran éxito y que se convertiría en una de sus mayores obras.

Durante los próximos años se dedicó a escribir sus novelas, que eran publicadas en diversas revistas de la época. Casi al final de su vida, nacería *Los hermanos Karamázov*, obra que recibió muy buenas críticas y captó la atención del público.

Dostoyevski moriría en 1881 sin poder concluir esta obra,

pues su idea inicial era que constase de dos partes, la segunda tendría lugar trece años después, pero jamás logró redactarla.

En este volumen, hemos recopilado algunos de sus cuentos, en orden cronológico, que muestran el desarrollo de Dostoyevski como autor. Las obras son: *Noches Blancas, El pequeño héroe, El cocodrilo* y *El sueño de un hombre ridículo.*

NOCHES BLANCAS

Se publicó en 1848, al inicio de la carrera literaria de Dostoyevski. Tiene lugar durante el solsticio de verano, cuando en las zonas de la alta latitud, como en la ciudad de San Petersburgo, sucede un fenómeno natural llamado Noches Blancas, que consiste en que, por las noches, no llega a haber una oscuridad total debido a que anochece muy tarde y amanece muy temprano, por lo mismo siempre hay algo de luz solar.

El protagonista de esta novela corta es un joven que vive en San Petersburgo y que, en una de esas noches blancas en Rusia, se topa con una joven. Los dos jóvenes pasan la primera noche hablando y conociéndose y, a partir de ahí, deciden ir viéndose día a día. Como muchas de las historias de Dostoyevski, está narrada en primera persona.

EL PEQUEÑO HÉROE

Publicada en 1849 y ambientada en esa misma época, este cuento o novela corta, trata de un niño de once años al que invitan a una fiesta que durará varios días, allí conocerá lo que es enamorarse por primera vez, pero también descubrirá lo que son el dolor y la amargura, pues la mujer de la que enamora no solo es mayor que él, sino que también está casada.

En esta historia, Dostoyevski plasma ese amor juvenil y primerizo de los años de pubertad con una gran maestría y acompañando esa primera experiencia de situaciones y vivencias únicas para el pequeño protagonista, que acude, por primera vez, a una fiesta sin la compañía de sus padres.

EL COCODRILO

Esta historia, publicada en 1865, ya deja atrás los años de iniciación de Dostoyevski y nos adentra en una escritura más madura. Este cuento es de corte satírico y Dostoyevski lo presentó como si fuera una historia real. En ella, el narrador acompaña a un buen amigo suyo y a su esposa, a la exposición que un alemán hace, entre otras cosas, de un cocodrilo vivo. La historia se desarrolla a partir del momento en el que los personajes interactúan con este animal, y los sucesos acontecidos marcarán el hilo del resto de la narración.

EL SUEÑO DE UN HOMBRE RIDÍCULO

Fue escrito en 1877, ya en la vida adulta del autor. Aquí se nos presenta a un protagonista cuya apreciación de sí mismo es bastante negativa, pues dice que no es más que un hombre ridículo y está convencido de que no existe nada que tenga un sentido real, incluida su propia existencia. La historia, narrada en primera persona, nos guía a través de un viaje de autodescubrimiento que este personaje hace una noche, cuando sus pensamientos lo llevan por el camino del suicidio y se niega a ayudar a una niña y a su madre. A partir de ahí, el protagonista se ve envuelto en un sueño que le cambiará la vida y la perspectiva que tiene de ella y de sí mismo.

NOCHES BLANCAS

*¿O fue creado para estar siquiera un
momento en las cercanías de tu corazón?*
I. TURGENEV

NOCHE PRIMERA

Era una de esas noches espléndidas, estimado lector, de esas que quizá solo existen en nuestra juventud. El cielo estaba tan estrellado, tan luminoso, que al mirarlo no podía uno dejar de preguntarse: ¿cómo es posible que bajo un cielo como este pueda vivir tanta gente irascible y veleidosa? Esta, amable lector, es también una pregunta de la juventud, muy propia de la juventud, pero quiera Dios que te la hagas con frecuencia. Hablando de gente irascible y por varios motivos veleidosa, debo recordar mi buen comportamiento durante todo ese día. Ya desde la mañana me agobiaba una extraña melancolía. Tuve la impresión, de pronto, de que, a mí, hombre solitario, me abandonaba todo el mundo, que todos me esquivaban. Claro que tienes derecho a preguntar: ¿y quiénes son esos «todos»? Porque ya hace ocho años que vivo en San Petersburgo y no he podido relacionarme con nadie. Pero, ¿qué falta me hace conocer a gente alguna? Porque, incluso sin ella, a mí, todo San Petersburgo me es conocido. Por esa razón tuve la sensación de que todos me abandonaban cuando San Petersburgo entero se levantó y acto seguido se fue a sus dachas en el campo. Fue horrible quedarme solo. Durante tres días enteros recorrí la ciudad dominado por una profunda angustia, sin comprender claramente lo que me pasaba. Fui a la avenida Nevski, fui a los jardines, caminé por los muelles; entonces no vi ni a una sola de las personas que solía encontrar durante el año en tal o cual lugar, a esta o aquella hora. Esas personas, por supuesto, no me conocen a mí, pero yo sí las conozco a ellas. Las conozco en profundidad, casi me he aprendido de memoria sus fisonomías, me alegro cuando las veo alegres y me entristezco cuando las veo tristes. Estuve a punto de hacer amistad con un anciano a quien encontraba todos los días a la misma hora en la Fontanka. ¡Qué rostro tan impresionante, tan reflexivo, el suyo! Caminaba murmurando continuamente y gesticulando con la mano izquierda, mientras que en la derecha sostiene un bastón nudoso con puño de oro. Él también se fija de mí y me mira con vivo interés. Estoy seguro de que se pone triste si, por fortuna, yo no paso a esa hora precisa por ese lugar de la Fontanka. Es así, estoy seguro, porque algunas veces estuvimos a punto de saludarnos, sobre todo cuando estábamos de buen humor. No hace mucho, cuando nos encontramos al cabo de tres días de no vernos, casi nos llevamos la mano al sombrero, pero afortunadamente nos dimos cuenta a tiempo, bajamos la mano y pasamos uno junto a otro con un gesto de amabilidad. También las casas me son conocidas. Cuando voy por la calle parece que cada una de ellas me sale al encuentro, me mira con todas sus ventanas y casi me dice: «¡Hola! ¿Qué tal? Yo, gracias a Dios, voy bien, y en mayo me agregan un piso». O bien: «¿Qué tal está? A mí mañana me ponen en reparaciones». O bien: «Estuve a punto de arder y me llevé un buen susto». Y así por el estilo. Entre ellas tengo mis preferidas, mis amigas íntimas. Una de ellas tiene la intención de ponerse en tratamiento este verano con un arquitecto. Iré voluntariamente a verla todos los días para que no la curen. ¡Qué Dios la proteja!

Nunca olvidaré lo que me pasó con una casita preciosa pintada de rosa claro. Era una casita encantadora, de piedra, y me miraba de un modo tan afectuoso y observaba con tanto orgullo a sus desgarbadas vecinas que mi corazón se henchía de gozo cuando pasaba frente a ella. Pero de repente, la semana pasada, cuando bajaba por la calle y eché una mirada a mi amiga, oí un grito de dolor: «¡Me van a pintar de amarillo!» ¡Malvados, bárbaros! No se apiadaron de nada, ni siquiera las columnas o las cornisas; y mi amiga se puso amarilla como un canario. A mí casi se me revolvió la bilis solo por verla en ese estado. Y esta es la hora en que no he tenido fuerzas para ir a ver a mi pobre y desdichada amiga, teñida del color nacional del Imperio Oriental.

Así, pues, lector, ya ves de qué manera conozco todo San Petersburgo.

Ya he dicho que durante tres días enteros estuve atormentado por una profunda inquietud hasta que, por fin, averigüé su causa. En la calle no me sentía bien —este ya no está aquí, ni este otro; y ¿adónde habrá ido aquel otro?—, ni tampoco en casa. Durante dos noches seguidas hice un esfuerzo: ¿qué extraño en mi rincón? ¿Por qué me es tan agobiante permanecer en él? Miraba perplejo las paredes verdes y mugrientas, el techo cubierto de telarañas que con gran éxito cultivaba Matriona; volvía a examinar todo el mobiliario, a inspeccionar cada silla, pensando si no estaría ahí la clave de mi malestar (porque basta que una sola de mis sillas no esté en el mismo lugar de ayer para que ya no me sienta bien), miré por la ventana, y todo fue en vano..., no hallé alivio. Decidí incluso llamar a Matriona y reprenderla paternalmente por lo de las telarañas y, en general, por la falta de aseo, pero ella se limitó a mirarme con asombro y me volvió la espalda sin decir palabra; así, pues, las telarañas continúan felizmente en su lugar. Por fin esta mañana logre averiguar de qué se trataba. Pues nada, que todo el mundo estaba saliendo de estampida para las dachas en el campo. Pido excusas por la frase vulgar, pero en este momento no estoy para expresarme en estilo elevado ... porque, así como suena, todo lo que encierra San Petersburgo se iba caminando o en vehículo al campo. Todo caballero de digno y próspero aspecto que tomaba un coche de alquiler se convertía al instante ante mis ojos en un honrado padre de familia que, después de las consabidas labores de su cargo, se dirigía libre de equipaje al seno de su familia en una casa de campo. Cada transeúnte tenía ahora un aire singular, como si quisiera decir a sus congéneres: «Nosotros, señores, estamos aquí solo de paso. Dentro de un par de horas nos vamos al campo». Se abría una ventana, se oía primero el teclear de unos dedos finos y blancos como el azúcar, y asomaba la cabeza de una muchacha bonita que llamaba al vendedor ambulante de flores; enseguida yo imaginaba que estas flores se compraban, no para disfrutar de ellas y de la primavera en el aire saturado de una habitación ciudadana, sino porque todos se iban pronto al campo y querían llevarse las flores consigo. Pero hay más, y es que había adquirido ya tal habilidad en este nuevo e insólito género de descubrimientos que podía, sin equivocarme, guiado solo por el aspecto físico, determinar en qué tipo de casa de campo vivía cada uno. Los que las tenían en las islas Kamenny y Aptekarski o en el camino de Peterhof, se distinguían por la afectada elegancia de sus modales, por su impecable indumentaria veraniega y por los soberbios carruajes en que venían a la ciudad. Los que las tenían en Pargolov, o aún más lejos, impresionaban desde el primer momento por su distinción y prudencia. Los de la isla Krestovski destacaban por su apariencia invariablemente alegre. Sucedía que tropezaba a veces con una larga hilera de carreteros que, con las riendas en la mano, caminaban perezosamente junto a sus carromatos, cargados de verdaderas montañas de muebles de todas clases; mesas, sillas, divanes turcos y no turcos, y otros enseres domésticos; y encima de todo eso, en la cumbre misma de la montaña, iba a menudo sentada una demacrada cocinera, protectora del patrimonio de sus señores como si fuera oro en polvo. O veía pasar, cargadas hasta los topes de utensilios domésticos, barcas que se deslizaban por el Neva o la Fontanka hasta el río Chorny o las islas. Los carros y las barcas se multiplicaban por diez o por cientos ante mis ojos. Parecía que todo se levantaba y se iba, que todo se trasladaba al campo en interminables caravanas, que San Petersburgo amenazaba con quedarse desierto, llegué al punto de tener vergüenza, de sentirme ofendido y triste.

Yo no tenía adónde ir, ni por qué ir al campo, pero estaba dispuesto a irme en cualquier carromato, con cualquier caballero de aspecto decente que alquilara un coche de punto. Nadie, sin embargo, absolutamente nadie me invitó. Era como si se hubieran olvidado de mí, como si efectivamente fuera un extraño para todos.

Caminé mucho, largo tiempo, hasta que, como me ocurre a menudo, perdí la noción de dónde estaba, y cuando volví en mí me encontraba a las puertas de la ciudad. De pronto me sentí contento, superé el puesto de peaje y me adentré por los sembrados y praderas sin prestar atención al cansancio, sintiendo solamente con todo mi cuerpo que se me quitaba un peso del alma. Los transeúntes me miraban con tanta cortesía que se diría que les faltaba poco para saludarme. No sé por qué todos estaban contentos, y todos, sin excepción, iban fumando cigarros. También yo estaba contento, contento como hasta entonces nunca lo había estado. Era como si, de pronto, me encontrara en Italia, tanto me afectaba la naturaleza, a mí, hombre de ciudad, medio enfermo, que casi comenzaba a asfixiarme entre los muros urbanos.

Hay algo indescriptiblemente conmovedor en nuestra naturaleza petersburguesa cuando, a la llegada de la primavera, se despliega de pronto toda su pujanza, toda la fuerza de la cual el cielo la ha dotado, cuando se pavonea engalanada y teñida con los mil matices de las flores. Me recuerda a una de esas muchachas endebles y enfermizas a las que a veces se mira con compasión, a veces con una especie de afecto misericordioso, y a veces, sencillamente, no se fija uno en ellas, pero de pronto, en un abrir y cerrar de ojos, sin que uno sepa cómo, se convierten en beldades extraordinarias y prodigiosas. Y uno, asombrado, fascinado, se pregunta sin más: ¿qué impulso ha hecho brillar con tal fuego esos ojos tristes y pensativos?, ¿qué ha hecho volver la sangre a esas mejillas pálidas y hundidas?, ¿qué ha rociado de pasión los rasgos de ese fresco rostro?, ¿qué palpita en ese pecho?, ¿qué ha traído de súbito vida, vigor y belleza al rostro de la pobre muchacha?, ¿qué la ha hecho iluminarse con tal sonrisa, animarse con esa risa fascinante y chispeante? Mira uno alrededor buscando a alguien, sospechando algo. Pero pasa ese momento y quizás al día siguiente encuentra uno la misma vaga y pensativa mirada de antes, el mismo rostro pálido, la misma simpleza y timidez en los movimientos; y más aún: remordimiento, rastros de cierta siniestra melancolía y aun irritación ante la momentánea pasión. Y le aflige a uno que esa instantánea belleza se haya marchitado de manera tan rápida e irrevocable, que haya brillado tan engañosa e ineficazmente ante uno; le aflige el que ni siquiera hubiese tiempo suficiente para enamorarse de ella...

Mi noche, sin embargo, fue mejor que el día. Esto es lo que pasó:

Regresé a la ciudad muy tarde y ya marcaban las diez

cuando estuve cerca de casa. Mi camino me llevaba por el muelle del canal, en el que a esa hora no encontré ningún alma viviente, aunque la verdad es que vivo en uno de los barrios más apartados de la ciudad. Iba cantando porque cuando me siento feliz siempre tarareo algo entre dientes, como cualquier hombre feliz que carece de amigos o de buenos conocidos y que, cuando llega un momento feliz, no tiene con quien compartir su felicidad. De repente me sucedió la aventura más inesperada.

A pocos pasos de mí, apoyada con los codos en la barandilla del muelle, estaba una mujer que parecía observar con gran atención el agua turbia del canal. Vestía un chal negro muy coqueto y llevaba un bonito sombrero amarillo. «Sin lugar a dudas, es joven y morena», pensé. Por lo visto no había oído mis pasos y ni siquiera se movió cuando, conteniendo el aliento y con el corazón a todo galope, pasé junto a ella. «Es extraño —me dije—, algo la tiene muy ensimismada». De pronto me quedé clavado en el sitio. Creí haber oído un sollozo ahogado. Sí, no me había equivocado, porque momentos después oí otros sollozos.

¡Dios mío! Se me encogió el corazón. Soy muy tímido con las mujeres, pero en esta ocasión giré sobre los talones, me acerqué a ella y le hubiera dicho «¡Señorita!» de no saber que esta expresión ha sido pronunciada ya un millar de veces en novelas rusas que hablan sobre la alta sociedad. Eso fue lo único que me detuvo. Pero mientras buscaba otra palabra la muchacha recobró su compostura, miró en torno suyo, bajó los ojos y se deslizó junto a mí a lo largo del muelle. Enseguida me puse a seguirla, pero ella, sospechándolo, se apartó del muelle, cruzó la calle y siguió caminando por la acera. Yo no me atreví a cruzar la calle. El corazón me latía como el de un pajarillo que se tiene cogido en la mano. Inesperadamente, la casualidad vino en mi ayuda.

Por la acera, no lejos de mi desconocida, apareció de pronto un caballero vestido de frac, impresionante por los años, aunque no lo fuera por su manera de andar. Caminaba haciendo eses y apoyándose con tiento en la pared. La muchacha caminaba como una flecha, rauda y tímida, como van por lo común las jóvenes que no quieren que se las acompañe a casa de noche, y, por supuesto, el caballero vacilante no hubiera podido alcanzarla si mi suerte no le hubiera sugerido recurrir a una estratagema. Sin decir palabra, el caballero arrancó de repente a galopar en persecución de mi desconocida. Ella casi volaba, sin embargo, el caballero de los trompicones iba alcanzándola, hasta alcanzarla por fin, la muchacha lanzó un grito... y yo doy gracias al destino por el excelente palo grueso y nudoso que encontré en el camino y que mi mano derecha empuñaba en ese momento. En un abrir y cerrar de ojos me planté en la acera opuesta, el caballero inoportuno comprendió al instante de qué se trataba, consideró inmediatamente el argumento irresistible que yo blandía, calló, se desvió, y solo cuando se halló bastante lejos protestó contra mí en términos bastante enérgicos, pero sus palabras apenas se entendían desde donde nos encontrábamos.

—Deme usted la mano —le dije a mi desconocida—. Ese sujeto ya no se atreverá a molestarla.

Ella, en silencio, me alargó la mano, que aún temblaba de angustia y espanto. ¡Oh, caballero inoportuno, cómo te di las gracias en ese momento! La miré brevemente. Era bonita y morena. Había acertado. En sus pestañas negras brillaban aún lágrimas de miedo reciente o de tristeza anterior. No sé. Pero a los labios asomaba ya una sonrisa. Ella también me miró de soslayo, se ruborizó ligeramente y bajó la mirada.

—¿Por qué me rechazó usted antes? Si yo hubiera estado acompañándola no habría pasado esto.

—No lo conocía. Pensé que también usted...

—¿Pero es que me conoce usted ahora?

—Un poco. Por ejemplo, ¿por qué tiembla usted?

—Ah, ha acertado a la primera mirada! —respondí encantado de saberla inteligente, lo que, unido a la belleza, no es algo despreciable—. Sí, a la primera mirada ha adivinado usted qué clase de persona soy. Es verdad, soy tímido con las mujeres. Estoy agitado, no lo niego; ni más ni menos que usted misma lo estaba hace un minuto cuando la atemorizó ese señor. Ahora el que está atemorizado soy yo. Parece un sueño, pero ni aun en sueños hubiera creído que hablaría con una mujer.

—¿Cómo? ¿Es posible?

—Sí. Si me tiembla la mano es porque hasta ahora no había estrechado nunca otra tan pequeña y bonita como la suya. He perdido la costumbre de estar con las mujeres; mejor dicho, nunca la he tenido, soy un solitario. Ni siquiera sé hablar con ellas. Ni ahora tampoco. ¿No le he proferido a usted alguna majadería? Dígamelo con franqueza. Le advierto de que no me ofendo.

—No, ninguna. Todo lo contrario. Y si me pide usted que sea sincera le diré que a las mujeres les gusta esa clase de timidez. Y si quiere saber algo más, también a mí me gusta, y no le pediré que se vaya hasta que lleguemos a casa.

—Lo que hará usted conmigo —dije agitado de entusiasmo— es que dejaré de ser tímido y entonces ¡adiós a todos mis métodos!

—¿Métodos? ¿Qué clase de métodos? ¿Y para qué sirven? Eso ya no me suena muy bien.

—Perdón. No será así. Se me fue la lengua. Pero ¿cómo quiere que en un momento como este no tenga el anhelo...?

—¿De agradar, no es eso?

—Pues sí. Por amor de Dios, sea usted buena. Juzgue solo de quién soy. Tengo ya veintiséis años y nunca me he relacionado con nadie. ¿Cómo puedo hablar bien, con facilidad y buen sentido? Mejor irán las cosas cuando todo quede explicado, con claridad y franqueza.

»No sé callar cuando habla el corazón dentro de mí. Bueno, da lo mismo. ¿Creería usted que nunca he hablado con una mujer, nunca jamás? ¿Que no he tenido trato con ninguna? Ahora bien, todos los días sueño que por fin voy a encontrar a alguien. ¡Si supiera usted cuántas veces he estado enamorado de esa manera!

—Pero ¿cómo? ¿De quién?

—De nadie, de un ideal, de la mujer con que se sueña. En mis sueños creo novelas enteras. Ah, usted no me conoce. Es verdad que he conocido a dos o tres mujeres; otra cosa sería inconcebible, pero ¿qué clase de mujeres? Una especie de patronas... Pero voy a hacerla reír, voy a decirle que algunas veces he pensado en entablar conversación en la calle con alguna mujer de la buena sociedad. Así, sin cumplidos. Claro está que cuando se encuentre sola. Hablar, por supuesto, con timidez, respeto y vehemencia; decirle que me muero solo, que no me rechace, que no encuentro otro método de conocer a mujer alguna, insinuarle incluso que es obligación de las mujeres el no rechazar el tímido ruego de un hombre tan infeliz como yo; y que, al fin y al cabo, lo que pido es solo que me diga con simpatía un par de palabras amables, que no me mande a paseo desde el primer instante, que me crea bajo palabra, que escuche lo que le digo, que se ría de mí si le apetece, que me dé esperanzas, que me diga dos palabras, tan solo dos palabras, aunque no nos volvamos a ver jamás. Pero usted se ríe... Por lo demás, hablo solo para hacerla reír...

—No se moleste. Me río porque es usted su propio enemigo. Si intentara usted, quizá lograra todo eso aun en la misma calle. Cuanto más sencillo, mejor. No hay mujer buena, a menos que sea tonta o esté enfadada en ese momento por cualquier razón, que pensara despedirlo a usted sin esas dos palabras que implora con tanta timidez. Por otro lado, ¿quién soy yo para hablar? Lo más probable es que lo tuviera a usted por un loco. Juzgo por mí misma. ¡Bien sé yo cómo vive la gente en el mundo!

—Se lo agradezco —exclamé—. ¡No sabe usted lo que acaba de hacer por mí!

—Bien. Ahora dígame cómo supo usted que soy de las mujeres con quienes... bueno, a quienes usted considera dignas de... respeto y amistad. En otras palabras, no una patrona, como decía usted. ¿Por qué se dispuso a acercarse a mí?

—¿Por qué? ¿Por qué? Pues porque estaba usted sola, porque ese caballero era demasiado insolente y porque es de noche. No dirá usted que no era mi obligación...

—No, no, antes de eso. Allí, al otro lado de la calle. Usted quería acercárseme, ¿verdad?

—¿Allí, al otro lado? De veras que no sé qué decir. Temo que... Hoy, sabe usted, me he sentido feliz. He estado caminando y cantando. Salí a las afueras. Nunca hasta ahora he tenido momentos tan felices. Usted... me parecía quizá... Bueno, perdone que se lo recuerde: me parecía que lloraba usted y me era imperdonable escucharlo. Se me oprimía el corazón. ¡Ay, Dios mío! ¿Piensa usted que podía escucharla sin afligirme? ¿Es que fue pecado sentir piedad fraternal por usted? Perdone que diga piedad... En suma, ¿acaso podía ofenderla cuando se me ocurrió acercarme a usted?

—Bueno, basta; no diga más —repuso la joven, bajando los ojos y apretándome la mano— . Yo misma tengo la culpa por haber hablado de eso. Pero estoy contenta de no haberme confundido con usted. Bueno, ya hemos llegado. Tengo que meterme por esta callejuela. Son dos pasos nada más. Adiós, le agradezco...

—¿Pero es realmente posible que no volvamos a vernos? ¿Es posible que las cosas queden así?

—Mire —dijo riendo la muchacha—. Al principio solo quería usted dos palabras, y ahora... Pero, en fin, no le prometo nada. Puede que nos encontremos.

—Mañana vengo aquí —dije—. Ah, perdone, ya estoy exigiendo...

—Sí, es usted muy ansioso. Exige casi...

—Escuche —la interrumpí—. Perdone que se lo diga otra vez, pero no puedo aplazar el venir aquí mañana. Soy un soñador. Hay en mí tan poca vida auténtica, los momentos como este, como el de ahora, son para mí tan extraños que me es imposible no repetirlos en mis sueños. Voy a soñar con usted toda la noche, toda la semana, todo el año. Mañana vendré aquí sin falta, aquí mismo, a este mismo lugar, a esta misma hora, y seré feliz recordando el día de hoy. Este lugar ya me es querido. Tengo otros dos o tres lugares como este en San Petersburgo. Una vez hasta lloré recordando algo, igual que usted. Quién sabe, quizá usted también hace diez minutos lloraba recordando alguna cosa. Pero perdón, estoy desvariando de nuevo. Puede que usted, alguna vez, fuera especialmente feliz en este lugar.

—Bueno —dijo la muchacha—. Quizá yo también venga aquí mañana. A las diez también. Veo que ya no puedo impedirle... pero, mire, es que necesito venir aquí. No piense usted que le doy una cita. Le aseguro que tengo que estar aquí por asuntos personales. Ahora bien, se lo digo sin titubeos: no me importaría que también viniera usted. En primer lugar, porque pudieran ocurrir incidentes tan penosos como el de hoy; pero dejemos eso...

»En definitiva, sencillamente me gustaría verlo... para decirle dos palabras. Ahora, vamos a ver, ¿no me censura usted? ¿No piensa que le estoy dando una cita sin más ni más? No se la daría si...; pero, bueno, eso es un secreto mío. Antes de todo: una condición.

—¡Una condición! Hable, dígalo todo previamente. Estoy de acuerdo con todo, dispuesto a todo —exclamé exaltado—. Respondo de mí, seré amable, respetuoso... Usted me conoce.

—Precisamente porque lo conozco lo invito para mañana —dijo la joven riendo—. Lo conozco muy bien. Pero, mire, venga con una condición: en primer lugar (sea usted bueno y haga lo que le pido; ya ve que hablo con franqueza) no se enamore de mí. Eso no puede ser, se lo aseguro. Estoy dispuesta a ser su amiga. Aquí tiene mi mano. Pero lo de enamorarse no puede ser. Se lo ruego.

—Se lo juro —grité yo, tomándole la mano...

—Basta, no jure, porque es usted capaz de estallar como la pólvora. No piense mal de mí porque le hablo así. Si usted supiera... Yo tampoco tengo a nadie con quien poder intercambiar una palabra o a quien pedir un consejo. Claro que la calle no es el sitio más indicado para encontrar consejeros. Usted es la excepción. Lo conozco a usted como si fuéramos amigos desde hace veinte años. ¿Realmente no cambiará usted?

—Usted lo verá. Lo que no sé, sin embargo, es cómo voy a sobrevivir las próximas veinticuatro horas.

—Duerma usted a pierna suelta. Buenas noches. Recuerde que ya he confiado en usted. Hace un momento lanzó usted una exclamación tan hermosa que justifica cualquier sentimiento, incluso el de piedad fraternal. ¿Sabe? Lo dijo usted de un modo tan bello que al instante supe que podía confiar en usted.

—¿Pero en qué cuestión? ¿Para qué?

—Hasta mañana. Mientras tanto hay que guardar el secreto. Tanto mejor para usted, porque a cierta distancia parece una novela. Quizá mañana se lo diga, o tal vez no. Ya hablaremos, nos conoceremos mejor...

—Yo mañana le contaré a usted todo lo mío. Pero ¿qué es esto? Parece como si me ocurriera un milagro. ¿Dónde estoy, Dios mío? ¿No se alegra usted de no haberse molestado conmigo, como lo hubiera hecho otra mujer? ¿De no haberme rechazado desde el primer instante? En dos minutos me ha hecho usted feliz para siempre. Sí, feliz. Quién sabe, quizá me ha reconciliado usted conmigo mismo, quizá ha resuelto mis dudas... Quizá hay también para mí minutos así... Pero ya le contaré todo mañana, ya se enterará usted de todo.

—Bueno, lo admito. Usted empezará.

—De acuerdo.

—Hasta la vista.

—Hasta la vista.

Nos separamos. Pasé la noche andando, sin decidirme a regresar a casa. ¡Me sentía tan feliz! ¡Hasta mañana!

NOCHE SEGUNDA

—Bueno, ya veo que ha sobrevivido usted —me dijo riendo mientras me estrechaba ambas manos.

—Ya llevo aquí dos horas. ¡No puede usted imaginarse qué día he pasado!

—Me lo imagino, sí. Pero al grano. ¿Sabe usted para qué he venido? Pues no para decir tonterías como ayer. Mire, es indispensable que, en adelante, seamos más sensatos. Ayer estuve pensando mucho en todo esto.

—¿Pero en qué ser más sensatos? ¿En qué? Por mí estoy dispuesto, pero la verdad es que en mi vida me han ocurrido cosas tan sensatas como ahora.

—¿De veras? Para comenzar le suplico que no me apriete

tanto las manos. En segundo lugar le advierto que hoy ya he pensado mucho en usted.

—Bien, ¿qué concluyó?

—¿Qué concluí? Pues concluí que tenemos que empezar por el principio, porque hoy estoy convencida de que aún no lo conozco bien. Ayer me porté como una niña, como una chiquilla tonta. Por supuesto, mi buen corazón es el culpable de todo. Me estuve dando importancia, como sucede siempre que empezamos a examinar nuestra vida. Y para corregir ese error me he propuesto enterarme detalladamente de todo lo que concierne a usted. Ahora bien, como no tengo a nadie que pueda darme informes, usted mismo tendrá de contármelo todo, revelarme todo el secreto. A ver, ¿qué clase de hombre es usted? ¡Ande, comience, cuénteme toda la historia!

—¡Historia! —exclamé impresionado—. ¡Historia! ¿Pero quién le ha dicho que tengo alguna historia? Yo no tengo ninguna historia...

—Puesto que ha vivido usted, ¿cómo no va a tener historia? —me interrumpió riendo.

—No ha habido historia de ninguna clase, ninguna. He vivido, como quien dice, conmigo mismo, es decir, enteramente solo, solo, completamente solo. ¿Entiende usted lo que es estar solo?

—¿Cómo solo? ¿Es que usted no ve nunca a nadie?

—¡Ah, no! Ver, sí veo; pero solo, a pesar de ello.

—¿Entonces qué? ¿Es que no habla o se relaciona con nadie?

—En sentido estricto, con nadie.

—Entonces, explíqueme. ¿Qué clase de hombre es usted? Quizá pueda adivinarlo. Usted, como yo, probablemente tiene una abuela. La mía está ciega. Nunca me deja ir a ninguna parte, de modo que casi se me ha olvidado hablar. Y después de las travesuras que hice un par de años atrás y considerando que después de eso no podía hacer carrera de mí, me llamó y prendió mi vestido al suyo con un imperdible. Desde entonces nos pasamos sentadas los días enteros. Ella hace calceta aunque está ciega; y yo, sentada a su lado, coso o le leo algún libro. De esta manera tan rara, prendida a otra persona con un alfiler, llevo ya dos años.

—¡Qué desgracia, Dios santo! No, yo no tengo una abuela como esa.

—Si no la tiene, ¿por qué entonces se queda usted en casa?

—Escuche. ¿Quiere saber qué clase de persona soy?

—Pues sí.

—¿En el sentido estricto de la palabra?

—En el sentido más estricto de la palabra.

—Pues bien, soy... un tipo.

—Un tipo. ¿Un tipo? ¿Qué clase de tipo? —gritó la muchacha, riendo con increíble entusiasmo, como si no lo hubiera hecho en todo un año—. Es usted divertidísimo. Mire, aquí hay un banco. Sentémonos. Por aquí no pasa nadie. Nadie nos oye y... empiece su historia. Porque, no pretenda lo contrario, usted tiene una historia y trata solo de escurrir el bulto. En primer lugar, ¿qué es un tipo?

—¿Un tipo? Un tipo es un singular, un hombre ridículo —contesté con una carcajada que combinaba con su risa infantil—. Es un bicho raro. Oiga, ¿sabe usted lo que es un soñador?

—¿Un soñador? ¿Cómo no voy a saberlo? Yo misma soy una soñadora. Muchas veces, cuando estoy sentada junto a la abuela, y no sé por qué razón no se me ocurre nada, me pongo a soñar y a ensimismarme hasta que..., en fin, me caso con un príncipe chino. A veces eso de soñar está bien... Por otra parte, quizá no. Sobre todo si ya hay bastantes cosas en

que pensar —agregó la joven hablando ahora con cierta seriedad.

—¡Magnífico! Si alguna vez decide casarse con un em-
perador chino, entenderá lo que digo. Bueno, oiga... Pero,
perdón, todavía no sé cómo se llama usted.

—Por fin. ¡Pues sí que se ha acordado usted prontamente!

—¡Ay, Dios mío! No se me había ocurrido siquiera.
Como lo he estado pasando tan bien...

—Me llamo... Nástenka.

—Nástenka. ¿Nada más?

—¿Nada más? ¿Le parece poco, hombre codicioso?

—¿Poco? Todo lo contrario. Mucho, mucho, muchísimo.
Nástenka, es usted una chica espléndida si desde el primer
momento ha sido Nástenka para mí.

—Precisamente. Ya ve.

—Bueno, Nástenka, escuche y verá qué historia más absurda se me ocurre.

Me senté junto a ella, asumí una postura presuntuosa-
mente seria y empecé como si leyera un manuscrito:

—Hay en San Petersburgo, Nástenka, si no lo sabe usted,
bastantes rincones curiosos. Se diría que a esos lugares no se
asoma el mismo sol que aparentemente brilla para todos los
petersburgueses, sino que es otro el que se asoma, otro diferente, que parece facultado de objetivos para esos sitios y que
brilla para ellos con una luz especial. En esos rincones, querida Nástenka, se vive una vida muy particular, nada semejante a la que bulle a nuestro alrededor, una vida posible de
concebir en lejanas y misteriosas tierras, pero no aquí, entre
nosotros, en este tiempo nuestro tan excesivamente serio. En
esa otra vida hay una mezcla de algo puramente fantástico,
ardientemente ideal, y de algo (¡ay, Nástenka!) terriblemente
ordinario y corriente, por no decir increíblemente vulgar.

—¡Uf! ¡Qué prefacio, Dios mío! ¿Qué es lo que oigo?

—Lo que oye usted, Nástenka (me parece que no me cansaré ya nunca de llamarla Nástenka), lo que oye usted es que en esos rincones vive una gente singular: los soñadores. El soñador —si se quiere una definición más concreta— no es un hombre ¿sabe usted? sino una criatura de género neutro. Por lo común se establece en algún rincón inaccesible, como si se escondiera del mundo ordinario. Una vez en él, se adhiere a su cobijo como lo hace el caracol, o, al menos, se parece mucho al interesante animal, que es al mismo tiempo animal y hogar, llamado tortuga. ¿Por qué piensa usted que se aficiona tanto a sus cuatro paredes, infaliblemente pintadas de verde, cubiertas de hollín, tristes y llenas de un humo insoportable? ¿Por qué este ridículo señor, cuando viene a visitarlo uno de sus pocos conocidos (pues al fin y al cabo se le agotan los amigos), por qué este ridículo señor lo recibe tan alterado, tan irritado de rostro y en tal confusión que se diría que acaba de cometer un delito entre sus cuatro paredes, que ha fabricado billetes falsos, o que ha compuesto algunos versos para mandar a alguna revista bajo carta anónima en la que afirma que el verdadero autor de ellos ha muerto y que un amigo suyo considera deber sagrado darlos a conocer? Diga, Nástenka, ¿por qué no prospera la conversación entre estos dos interlocutores? ¿Por qué ni la risa, ni siquiera una frasecilla entusiasta brotan de los labios del perplejo visitante, quien en otras circunstancias ama la risa, las frasecillas entusiastas los comentarios sobre el bello sexo y otros temas graciosos? ¿Por qué también ese amigo, probablemente reciente, en su primera visita (porque seguramente no habrá una segunda, ya que ese amigo no volverá), por qué también el amigo se queda confundido, lelo, a pesar de toda su agudeza (si realmente la tiene), mirando el torcido gesto del dueño, quien por su parte ha tenido ya suficiente tiempo para confundirse por completo, tras los esfuerzos tanto titánicos como inútiles que ha hecho por animar la conversación, por mostrar su propio conocimiento de las cosas mundanas, por hablar a su vez del bello sexo y aun por agradar humildemente a ese pobre hombre que nada tiene que hacer allí y que ha cometido un desacierto al visitarlo? ¿Por qué, en fin, el visitante coge de pronto su sombrero y sale disparado, habiendo recordado de pronto un asunto urgentísimo que por supuesto es falso, una vez que ha librado la mano del cálido apretón de la del dueño, quien trata en vano de mostrar su arrepentimiento y recobrar el tiempo perdido? ¿Por qué el visitante, traspasada la puerta de salida, suelta la carcajada y jura no volver a visitar a ese sujeto extravagante, aunque ese sujeto extravagante es en realidad un chico excelente? ¿Por qué, a pesar de todo, el visitante no puede soportar la tentación de comparar, siquiera forzadamente, la cara de su amigo durante el encuentro con la de un gato infeliz al que han maltratado, fustigándolo y aterrorizándolo a mansalva, unos niños, quienes habiéndolo capturado de forma malintencionada, lo han dejado hecho una lástima? ¿Gato que logra por fin meterse debajo de una silla, en la oscuridad, donde se ve obligado a permanecer una hora entera, erizado todo él, dando resoplidos, lamiéndose las heridas recibidas, y que durante largo tiempo, mirará con animosidad la naturaleza y la vida, incluso los restos de comida que de la mesa del amo le guarda, compasiva, una ama de llaves... ?

—Oiga —interrumpió Nástenka, que me había escuchado todo ese tiempo estupefacta, con los ojos y la boca abiertos—. Oiga, yo no sé por qué ha ocurrido todo eso ni por qué me hace usted esas preguntas absurdas. Lo que sí sé con certeza es que sin duda todas esas aventuras le han ocurrido a usted tal como las cuenta.

—Ni que decir tiene —contesté yo con cara muy seria.

—Bueno, si es así, siga —prosiguió Nástenka—, porque me interesa mucho saber cómo termina la historia.

—¿Usted quiere saber, Nástenka, qué hacía en su rincón nuestro héroe, o, mejor dicho, qué hacía yo, porque el héroe de todo eso soy yo, mi propia y modesta humanidad? ¿Usted quiere saber por qué me alteró e irritó tanto la visita inesperada de un amigo? ¿Usted quiere saber por qué me conmocioné y me ruboricé tanto cuando se abrió la puerta de mi cuarto? ¿Por qué no sabía recibir visitas y por qué quedé aplastado tan vergonzosamente bajo el peso de mi propia hospitalidad?

—Sí, sí —dijo Nástenka—. De eso se trata. Oiga, usted cuenta muy bien las cosas, pero ¿no es posible hablar un poco menos deslumbrante? Porque usted habla como si estuviera leyendo un libro.

—Nástenka —repliqué con voz imponente y severa, haciendo esfuerzos para no reír—, mi querida Nástenka, sé que cuento las cosas de forma deslumbrante, pero, lo siento, no puedo contarlas de otro modo. En este momento, querida Nástenka, me parezco al espíritu del rey Salomón, que estuvo mil años dentro de una alcancía bajo siete sellos. Y por fin han levantado los siete sellos. Ahora, querida Nástenka, cuando nos encontramos de nuevo tras larga separación (porque hace ya mucho tiempo que la conozco, Nástenka, porque hace ya mucho tiempo que busco a alguien, lo que es evidencia de que la buscaba precisamente a usted y de que estaba escrito que nos encontrásemos ahora), se me han abierto mil esclusas en la cabeza y tengo que verterme en un río de palabras, porque si no lo hago me ahogo. Por eso le ruego, Nástenka, que no me interrumpa, que escuche atenta y obedientemente. De lo contrario, guardaré silencio.

—De ninguna manera. Hable. Ya no lo interrumpiré más, se lo aseguro.

—Continuo. Hay en mi día, Nástenka, amiga mía, una hora que valoro extraordinariamente. Es la hora en que han terminado los negocios, el trabajo, las obligaciones, y la gente regresa apresurada a sus casas para comer y descansar. Durante el camino piensa en cosas agradables que hacer durante la velada, la noche y todo el tiempo libre del que dispone. A esa hora también nuestro héroe (y consiéntame, Nástenka, que hable en tercera persona, porque en primera me resultaría sumamente vergonzoso decirlo), repito, a esa hora también nuestro héroe, que como cualquier hombre corriente también tiene sus ocupaciones, vuelve a casa junto a los demás. En su rostro pálido y surcado de arrugas se dibuja un extraño sentimiento de complacencia. Mira con interés el crepúsculo vespertino que se apaga lentamente en el cielo frío de San Petersburgo. Cuando digo que mira, miento. No mira, sino que observa distraídamente, como si estuviera fatigado o preocupado por algo más interesante en ese momento. De modo que quizá solo brevemente, casi sin querer, puede ocuparse de lo que lo rodea. Está satisfecho porque se ha librado hasta el día siguiente de asuntos enojosos, y está alegre como un colegial a quien permiten que deje el banco de la escuela para dedicarse a sus travesuras y juegos favoritos. Obsérvelo de soslayo, Nástenka, y entonces verá que esa sensación de gozo ha influido ya de manera positiva en sus débiles nervios y en su fantasía insanamente encendida. Mire, está pensando en algo... ¿En la comida quizá?

¿En cómo va a pasar la reunión? ¿En qué fija los ojos? ¿En ese caballero de aspecto importante que saluda de forma tan llamativa a la dama que pasa junto a él en un espléndido carruaje tirado por veloces caballos? No, Nástenka. Ahora no le importan nada esas insignificancias. Ahora se siente rico de su propia vida. De pronto, por un motivo ignorado, se sabe rico. Y no en vano el sol en su ocaso le lanza un alegre rayo de despedida y despierta en su tibio corazón todo un enjambre de impresiones. Ahora apenas se da cuenta del camino en el que poco antes le hubiera llamado la atención la bagatela más insignificante. Ahora la «diosa Fantasía» (si ha leído usted a Zhukovski, querida Nástenka) ha bordado con caprichosa mano su tela de oro y ha mandado, para que las desplieguen ante él, alfombras de vida insólita, milagrosa. ¿Quién sabe si no la ha llevado con su mano mágica de la acera de excelente granito por la que vuelve a casa al séptimo cielo de cristal? Trata usted de detenerlo ahora, de preguntarle dónde se encuentra ahora, por qué calles transita. Lo probable es que no recuerde ni por dónde transita ni dónde está en ese momento, y enrojecido de irritación soltará sin duda alguna mentira para salir del paso. Por eso se sorprende, está a punto de lanzar un grito y mira atemorizado a su alrededor cuando una anciana venerable lo detiene amablemente en la acera para pedirle direcciones por haberse equivocado de camino. Sigue adelante con el entrecejo fruncido de disgusto, sin percatarse apenas de que más de un transeúnte se sonríe al verlo y se vuelve a mirarlo cuando pasa, ni de que una muchachita, que le cede tímidamente la acera rompe a reír estrepitosamente, hecha toda ojos, al ver su ancha sonrisa reflexiva y los aspavientos que hace. Y, sin embargo, esa misma fantasía le ha robado también en su vuelo juguetón a la anciana, a los transeúntes curiosos, a la chica de la risa y a los marineros que al anochecer se sientan a comer en las barcazas con las que forman un dique en la Fontanka (imaginemos que nuestro héroe pasa por allí a esa hora). Ha prendido alegremente en su lienzo a todo y a todos, como moscas en una telaraña. Y con esa riqueza recién adquirida el tipo extravagante entra en su acogedora madriguera, se sienta a cenar, termina de cenar y al cabo de un rato se despierta solo cuando la pensativa y siempre triste Matriona, la criada que le sirve retira los manteles y le lleva la pipa. Se despierta y recuerda con asombro que ya ha cenado sin darse la menor cuenta de cómo ha ocurrido tal cosa. La habitación está a oscuras. La desolación y la tristeza se adueñan del alma de nuestro héroe. El castillo de sus ilusiones se ha desparramado sin estrépito, sin dejar rastro, se ha esfumado como un sueño; y él ni siquiera se percata de que ha estado soñando. Pero en su pecho siente todavía una vaga sensación que lo agita ligeramente. Un nuevo deseo hormiguea tentadoramente en la fantasía, la estimula e imperceptiblemente provoca todo un conjunto de nuevas quimeras. El silencio reina en la pequeña habitación. La soledad y la apatía acarician la fantasía, hasta se enciende poco a poco, empieza a bullir como el agua en la cafetera de la vieja Matriona, que tranquilamente sigue con sus quehaceres en la cocina, preparando su detestable café. La fantasía empieza a derramarse entre alguna que otra llamarada. Y he aquí que el libro cogido al azar, maquinalmente, se le cae de la mano a mi soñador, que no ha llegado ni a la tercera página. Su fantasía despierta de nuevo, está en su punto. De pronto, un mundo nuevo, una vida nueva y fascinante, reluce ante él con brillantes perspectivas. Un nuevo sueño, una nueva felicidad. Una nueva dosis de veneno ligero y voluptuoso. ¿Qué le importa a él nuestra vida real? ¡A sus ojos hechizados, usted, Nástenka, y yo llevamos una existencia tan mortecina, tan reposada y descolorida, estamos todos, en su opinión, tan insatisfechos con nuestra suerte, nos aburrimos tanto en nuestra vida! En efecto, fíjese bien y verá cómo a primera vista todo es frío, sombrío o, por así decirlo, desagradable entre nosotros. «¡Pobre gente!» piensa mi soñador; y no es extraño que piense así. Observe esas visiones mágicas que de manera tan fascinante, tan sugestiva y fluida componen ante sus ojos ese cuadro animado y arrebatador, en cuyo primer plano la figura principal es él mismo, por supuesto, nuestro soñador, su propia persona querida. Fíjese en las diversas aventuras, en el infinito desfile de sueños ardientes. Quizá pregunta usted con qué sueña. ¿Para qué preguntarlo? Sueña con todo, con el propósito del poeta, desconocido primero e inmortalizado después, con que es amigo de Hoffmann, con la noche de San Bartolomé, con Diana Vernon, la heroína de *Rob Roy*, con actos de heroísmo en ocasión de la toma de Kazán por Iván el Terrible, con Clara Mowbray y Effie Deans, otras heroínas de Walter Scott, con el sínodo de prelados y Huss ante ellos, con la rebelión de los muertos en *Roberto el Diablo* (¿recuerda la música? ¡huele a cementerio!), con la batalla de Berezina, con la lectura de poemas en casa de la condesa V.D., con Danton, con Cleopatra *ei suoi amanti,* con *La casita en Kolomna* de Pushkin, con su propio rincón, junto a un ser querido que lo escucha como usted me escucha ahora, ángel mío, con la boca y los ojos abiertos en una noche de invierno. No, Nástenka, ¿qué le importa a él, hombre desenfrenado, esta vida a la que usted y yo nos aferramos tanto? A juicio suyo es una vida pobre, desdichada, aunque no anticipa que también para él acaso sonará alguna vez la hora fatal en que por un día de esta vida desdichada daría todos sus años de fantasía, y no los daría a cambio de la alegría o la felicidad, ni tendría preferencias en esa hora de tristeza, arrepentimiento y dolor genuino y simple. Pero hasta que llegue ese momento amenazador nuestro héroe no desea nada, porque está por encima del deseo, porque está satisfecho, porque es artista de su propia vida y se imagina cada hora según su propia voluntad. ¡Es tan fácil, tan natural, crear ese mundo irreal, fantástico! Se diría, en efecto, que no es una ilusión. A decir verdad, en algunos momentos, está dispuesto a pensar que esa vida no es una estimulación de los sentidos, ni un espejismo, ni un engaño de la fantasía, sino algo real, auténtico, palpable. Dígame, Nástenka, ¿por qué en tales circunstancias se corta el aliento? ¿Por qué arte de magia, por qué desconocido arbitrio se le acelera el pulso al soñador, se le saltan las lágrimas, le arden las mejillas humedecidas y se siente impregnado por un inmenso deleite? ¿Por qué pasan en un segundo noches enteras de insomnio, en alborozo y felicidad inagotables? ¿Y por qué, cuando la aurora toca las ventanas con sus dedos rosados y el alba ilumina el cuarto sombrío con su luz incierta y fantástica, como sucede aquí en San Petersburgo, nuestro soñador, exhausto, extenuado, se deja caer en el lecho, presa de una somnolencia causada por la exaltación enfermiza y anómala de su espíritu, y con un dolor de corazón donde se mezclan la pena y la dulzura? Sí, Nástenka, nuestro héroe se engaña y cree a pesar suyo que una pasión genuina, verdadera, le sacude el alma; cree a pesar suyo que hay algo vivo, palpable, en sus sueños incorpóreos. ¡Y qué fraude! El amor ha prendido en su pecho con su gozo infinito, con sus agudos tormentos. Basta mirarlo para cerciorarse. ¿Creería usted al mirarlo, querida Nástenka, que nunca ha conocido de verdad a la que tanto ama en sus sueños desenfrenados? ¿Es posible que tan solo la haya visto en su imaginación seductora, que esta pasión no sea sino un sueño? ¿Es posible que, realmente, él y ella no hayan caminado nunca juntos por la vida tantos años, cogidos de la mano, solos, después de renunciar a todo y a todos y de fundir cada uno su mundo, su vida, con la vida del compañero? ¿Es realmente posible que en la hora definitiva de la separación no se apoyara ella en el pecho de él, sufriendo, gimiendo, sorda a la tempestad que rugía bajo el cielo adusto, e indiferente al viento que barría las lágrimas de sus negras pestañas? ¿Es posible que todo esto no fuera más que un sueño? ¿Lo mismo que ese jardín afligido, abandonado, selvático, con veredas cubiertas de musgo, solitario, lóbrego, donde tan a menudo paseaban juntos, acariciando esperanzas, padeciendo aflicciones, y amándose, amándose tan larga y tiernamente? ¿Y esa extraña casa aristocrática en la que ella vivió tanto tiempo sola y triste, con un marido viejo y tétrico, siempre taciturno y colérico, que les causaba temor, como si fueran niños tímidos que, tristes y esquivos, escondían el amor que se tenían? ¡Cuánto sufrían! ¡Cuánto temían! ¡Cuán puro e inocente era su amor! Y, por supuesto, Nástenka, ¡qué perversa era la gente! ¿Y es acaso posible, Dios mío, encontrarse más tarde lejos de su país, bajo un cielo extraño, meridional y cálido, en una ciudad maravillosa y eterna, en la magnificencia de un baile, en medio del estruendo de la música, en un *palazzo* (ha de ser un *palazzo*) visible apenas bajo un mar de luces, en un balcón revestido de mirto y rosas, donde ella al reconocerlo se quitó el antifaz y murmuró: «¿Soy libre?» Y trémula se arrojó a sus brazos. Y con exclamaciones de éxtasis fuertemente abrazados, olvidaron su tristeza, su separación, todos sus sufrimientos, la casa lúgubre, el viejo, el jardín sombrío, allí en la patria lejana y el banco en el que con un último beso apasionado ella se apartó de los brazos de él entumecidos por un dolor desesperado... Convenga usted, Nástenka, en que queda uno trastornado, desconcertado, avergonzado, como chiquillo que esconde en el bolsillo la manzana robada en el huerto del vecino, cuando un sujeto alto y fuerte, bullicioso y bromista, su amigo anónimo, abre la puerta y grita como si tal cosa: «Amigo, en este momento regreso de Pávlovsk». ¡Dios mío! Ha muerto el viejo conde, empieza una felicidad indescriptible... y, nada, ¡que acaba de llegar alguien de Pávlovsk!

Me callé conmovido después de mis apasionadas exclamaciones. Recuerdo que tenía unas ganas enormes de reír a carcajadas, aunque la risa fuese fingida, porque notaba que un diablillo se removía dentro de mí, que empezaba a trancarse mi garganta, a temblarme la barbilla y que los ojos se me iban humedeciendo. Esperaba a que Nástenka, que me había estado escuchando, abriera sus ojos inteligentes y rompiera a reír con su risa infantil, encantadoramente alegre. Ya me arrepentía de haberme excedido, de haber contado inútilmente lo que desde tiempo atrás bullía en mi corazón, lo que podía relatar como si estuviese leyendo un texto escrito, porque hacía ya tiempo que había dictado sentencia contra mí mismo y ahora no había resistido la tentación de leerla, sin esperar, indudablemente, que se me comprendiera. Pero, para mi sorpresa, Nástenka continuó callada y luego me estrechó la mano y me dijo con tímida simpatía:

—¿Es posible que haya vivido usted toda su vida como afirma?

—Toda mi vida, Nástenka —contesté—. Toda ella, y al parecer así la concluiré.

—No, es imposible —repuso intranquila—. No puede ser. Quizá yo pase también la vida entera junto a mi abuela. Oiga, ¿sabe que vivir de esa manera no es nada agradable?

—Lo sé, Nástenka, lo sé —exclamé sin poder controlar mi emoción—. Ahora más que nunca sé que he desperdiciado mis mejores años. Ahora lo sé, y ese conocimiento me causa pena, porque Dios mismo ha sido quien la ha enviado a usted, un ángel bueno para que me lo diga y me lo confirme. Ahora que estoy hablando sentado junto a usted me aterra pensar en el futuro, porque el futuro es otra vez la soledad, esta vida aburrida e inútil. ¿Ya con qué voy a soñar, cuando he sido tan feliz despierto? ¡Bendita sea usted, niña querida, por no haberme desairado desde el primer momento, por darme la posibilidad de decir que he vivido al menos dos noches de mi vida!

—¡Oh, no, no! —exclamó Nástenka con los ojos llenos de

lágrimas—. No, eso ya no pasará. No vamos a separarnos así. ¿Qué es eso de vivir solo dos noches?

—¡Ay, Nástenka, Nástenka! ¿Sabe usted por cuánto tiempo me ha reconciliado conmigo mismo? ¿Sabe usted que en adelante no pensaré tan mal de mí como he pensado hasta ahora? ¿Sabe usted que ya no me causará tristeza el crimen y el pecado de mi vida, porque esa vida ha sido sin duda un delito, un pecado? ¡Por Dios santo, no piense que exagero, no lo piense, Nástenka, porque ha habido ocasiones en mi vida de mucha, de muchísima tristeza! En tales ocasiones he pensado que ya nunca sería capaz de vivir una vida verdadera, porque se me antojaba que había perdido la cordura, el sentido de lo genuino, de lo real, y acababa por despotricar de mí mismo, ya que tras mis noches fantásticas empezaba a tener momentos de horrible resaca. Oye uno entre tanto como en torno suyo se mueve ruidosamente la muchedumbre en un torbellino de vida, ve y oye como vive la gente, como vive despierta, se percata de que para ellos la vida no es una cosa de encargo, que no se desvanece como un sueño, como una ilusión, sino que se renueva constantemente, vida eternamente joven en la que ninguna hora se parece a otra; mientras que la fantasía es temerosa, triste y monótona hasta la trivialidad, esclava de la sombra, de la idea, esclava de la primera nube que de pronto cubre al sol y siembra el desconsuelo en el corazón de San Petersburgo, que tanto valora su sol. ¿Y para qué sirve la fantasía cuando uno está afligido? Acaba uno por cansarse y siente que esa *inagotable* fantasía se consume con el esfuerzo constante de avivarla. Porque, al fin y al cabo, va uno volviéndose maduro y dejando atrás sus viejos ideales; estos se quiebran, se desmoronan, y si no hay otra vida, la única posibilidad es inventársela con esos pedazos. Mientras tanto, el alma pide y quiere otra cosa. Inútilmente escarba el soñador en sus viejos sueños, como si fueran ceniza en la que busca algún vestigio para reavivar la fantasía, para recalentar con nuevo fuego su enfriado corazón y resucitar en él una vez más lo que antes había amado tanto, lo que le conmovía el alma, lo que atizaba la sangre, lo que arrancaba lágrimas de los ojos y cautivaba con espléndido hechizo. ¿Sabe usted, Nástenka, a qué estado he llegado? ¿Sabe usted que me siento obligado a celebrar el cumpleaños de mis sensaciones, el cumpleaños de lo que antes me fue tan querido, de lo que en realidad no ha existido nunca? Porque ese cumpleaños es el de cada uno de esos sueños inútiles e irreales, y si esos sueños inútiles no existen no hay por qué sobrevivirlos. También los sueños se sobreviven. Sabe usted que ahora me complace recordar y visitar en fechas determinadas los lugares donde a mi manera he sido feliz. Que me gusta concebir el presente según la pauta del pasado irreversible. Que a menudo corro sin razón como una sombra, triste, afligido, por las calles y callejuelas de San Petersburgo. ¡Y qué recuerdos! Recuerdo por ejemplo, que hace justo un año, justamente a esta misma hora, pasé por esta acera tan solo y tan triste como lo estoy en este instante. Y recuerdo que también entonces mis sueños eran deprimentes. Sin embargo aunque el pasado no fue mejor, uno cree que quizá no fuera tan agobiante, que vivía uno más tranquilo que no tenía este sombrío pensamiento que ahora me sobrecoge, que no sentía este desagradable y tenebroso cosquilleo de la conciencia que ahora no me deja en paz en ningún momento. Y uno se pregunta: ¿dónde, pues están tus sueños? Uno agita la cabeza y piensa: ¡qué de prisa pasa el tiempo! Y vuelve a preguntarse: ¿qué has hecho en estos años?, ¿dónde se han esfumado los mejores días de tu vida?, ¿has vivido o no? ¡Mira, se dice uno mira cómo todo se congela en el mundo! Continuarán pasando los años y tras ellos llegará la lúgubre soledad, llegará con su báculo la trémula vejez, y con ella la tristeza y la angustia. Tu mundo fantástico perderá su vivacidad, y tus sueños se marchitarán, morirán y caerán como las hojas secas de los árboles. ¡Ay, Nástenka será triste quedarse solo, completamente solo, sin tener siquiera nada que lamentar, nada, absolutamente nada! Porque todo eso que se ha perdido, todo eso no ha sido nada, un cero redondo y vacío, no ha sido más que un sueño.

—Basta, no me haga llorar más —dijo Nástenka secándose las lágrimas que resbalaban por sus mejillas—. Todo eso se ha terminado. De ahora en adelante estaremos juntos y no nos separaremos nunca pase lo que pase. Oiga, yo soy una muchacha sencilla y sé pocas cosas, aunque mi abuela me puso maestro. Pero realmente lo comprendo a usted, porque todo lo que acaba de contarme me ha pasado a mí también desde que mi abuela me enganchó con un alfiler a su vestido. Yo, por supuesto, no podría contarlo tan estupendamente bien como usted porque no tengo estudios —agregó con timidez, manifestando todavía admiración por mi conmovedor discurso y mi estilo grandilocuente—, pero me alegro de que usted se haya dibujado por completo. Ahora lo conozco, lo conozco a fondo, lo sé todo. ¿Y sabe usted? Yo, por mi parte, también quiero contarle mi propia historia, toda ella, sin callar nada, y después me dará usted un consejo. Usted es un hombre muy listo. ¿Promete darme ese consejo?

—Nástenka —respondí—, aunque nunca antes he sido un guía, y mucho menos un guía inteligente, lo que usted me propone me parece muy razonable. Cada uno de nosotros dará al otro buena orientación. Ahora, dígame, Nástenka bonita, ¿qué clase de orientación necesita? Dígamelo sin rodeos. En este momento estoy tan alegre, tan feliz, me siento tan atrevido, tan listo, que tendré la respuesta preparada.

—No, no —me interrumpió risueña—. No me hace

falta solo una orientación inteligente, si no un consejo cordial, fraterno, como si me quisiera usted de toda la vida.

—¡Conforme, Nástenka, conforme! —exclamé emocionado—. Aunque la quisiera desde hace veinte años, no la querría tanto como en este momento.

—Deme su mano —dijo Nástenka.

—Aquí está — dije extendiéndosela.

—Entonces comencemos con mi historia.

HISTORIA DE NÁSTENKA

—Ya usted conoce parte de la historia, es decir, ya sabe que tengo una abuela anciana...

—Si la segunda parte es tan breve como esta... —me atreví a interrumpir riendo.

—Guarde silencio y escuche. Ante todo le exijo una condición: no me interrumpa, porque pierdo el hilo fácilmente. Escuche callado. Tengo una abuela anciana. Fui a vivir con ella al morir mis padres cuando todavía era muy niña. Mi abuela, al parecer, antes era rica, porque todavía habla de haber vivido días mejores. Ella misma me enseñó el francés y más tarde me puso maestro. Cuando cumplí quince años (ahora tengo diecisiete) terminaron mis estudios. Hice por entonces algunas chiquilladas, pero no le especificaré a usted de qué tipo; solo le digo que fueron de poca monta. Pero la abuela me llamó una mañana y me dijo que como era ciega no podía vigilarme. Cogió, pues, un imperdible y enganchó mi vestido al suyo, diciendo que así permaneceríamos lo que nos quedara de vida si yo no sentaba cabeza. En conclusión, que al principio era imposible separarse de ella. Trabajar, leer, estudiar, todo lo hacía junto a la abuela. Una vez intenté un ardid y convencí a Fiokla de ocupar mi lugar junto a la abuela. Fiokla es nuestra criada y está sorda. Fiokla se sentó en mi lugar. En ese momento mi abuela estaba dormida en su sillón y yo aproveché de ir a ver a una amiga que no vivía lejos. Pero el ardid salió mal. La abuela se despertó cuando yo todavía estaba fuera y preguntó por algo, pensando que yo seguía tan tranquila en mi puesto. Fiokla, al ver que la abuela preguntaba algo que ella no podía oír, se puso nerviosa al pensar en qué debía hacer. Entonces, lo que hizo fue abrir el imperdible y echar a correr...

En ese instante Nástenka se detuvo y soltó una carcajada. Yo le hice coro y al instante dejó de reír.

—Oiga, no se ría de mi abuela. Yo me río porque es una situación divertida... Bueno, ¿qué puede hacerse cuando la abuela de una es así? Aun así, la quiero de alguna manera . Pues bien, aquella vez me dio una reprimenda de las buenas. Tuve que volver a sentarme en mi sitio sin pronunciar palabra y ya fue imposible moverme de él. ¡Ah, sí! Se me olvidaba comentarle que teníamos, mejor dicho, que la abuela tenía casa propia, una casita pequeña, con tres ventanas en total, y casi tan vieja como ella. En lo alto tenía un desván. A ese desván vino a vivir un nuevo inquilino...

—Es decir que antes había un viejo inquilino —observé con desinterés.

—Pues claro que lo había —respondió Nástenka—. Y sabía callar mejor que usted. En serio, apenas abría la boca. Era un viejecito seco, mudo, ciego, cojo, a quien al final le resultó imposible continuar viviendo en este mundo y se murió. Por esa razón se hizo necesario tomar un nuevo inquilino, porque sin inquilino no podíamos vivir, ya que lo que él nos pagaba por el alquiler sumado a la pensión de la abuela eran nuestros únicos recursos. Por el contrario, el nuevo inquilino resultó ser un joven forastero que estaba de paso. Y como no regateó, la abuela lo aceptó de inmediato. Luego me preguntó: «Nástenka, ¿es nuestro inquilino joven o viejo?» Yo no quise mentir y dije: «No es ni joven ni viejo». «¿Y tiene buen aspecto?», preguntó nuevamente. Una vez más no quise mentir y contesté: «Sí, es de buen aspecto, abuela». Y la abuela exclamó: «¡Ay, qué castigo! Te lo digo, nieta, para que no trates de verlo. ¡Ay, qué tiempos estos! ¡Pues anda, un inquilino tan insignificante y tiene, sin embargo, buen aspecto! ¡Eso no pasaba en mis tiempos!».

La abuela todo lo comparaba con sus tiempos. En sus tiempos era más joven, en sus tiempos el sol calentaba más, en sus tiempos la crema no se agriaba tan rápido... ¡todo era mejor en sus tiempos! Yo, sentada y callada, reflexionaba para mí: ¿Por qué me da la abuela estos consejos y me pregunta si el inquilino es joven y de buen aspecto? Pero solo lo reflexionaba, mientras seguía silenciosa en mi lugar haciendo calcetas y contando puntos. Luego me olvidé de aquello.

Fue así como una mañana vino a visitarnos el inquilino para recordarnos que habíamos prometido empapelarle la habitación. Hablando de una cosa y otra, la abuela, que era aficionada a la conversación, me dijo: «Ve a mi habitación, Nástenka, y tráeme las cuentas». Yo me levanté de un salto, ruborizada sin saber por qué, y olvidé que estaba enganchada con el imperdible. No hubo manera de desprenderme con disimulo para que no lo viera el inquilino. Di un tirón tan fuerte que arrastré el sillón de la abuela. Al comprender que el inquilino se había enterado de lo que me ocurría me puse aún más colorada, me quedé clavada en el sitio y comencé a llorar. Sentí tanta vergüenza y desconsuelo en ese momento que hubiera deseado morirme. La abuela gritó: «¿Qué haces ahí parada?», y yo llora que te llora. Cuando el inquilino notó lo avergonzada que estaba, se despidió y se fue.

Después de aquel día, tan pronto como oía ruido en el pasillo me quedaba petrificada. Pensaba que el inquilino se acercaba, y cada vez que esto pasaba desprendía el imperdible con mucho cuidado para no ser descubierta . Pero no era él. No venía. Así pasaron quince días, al cabo de los cuales el inquilino mandó a decir con Fiokla que tenía muchos libros franceses, libros buenos, que estaban a nuestra entera disposición. ¿No quisiera la abuela que yo se los leyera para pasar el tiempo? La abuela aceptó agradecida, pero preguntó si los libros eran morales, porque, me dijo: «Si son inmorales, Nástenka, de ninguna manera deben leerse, porque aprenderías cosas malas».

—¿Qué aprendería, abuela? ¿Qué es lo que cuentan esos libros?

—¡Ah! —respondió—. Cuentan como los jóvenes seducen a las jovencitas honradas y de buenas costumbres; y como con la excusa de que quieren casarse con ellas las sacan de la casa paterna; y como luego abandonan a las pobres jovencitas a su suerte y ellas quedan deshonradas para siempre. Yo he leído muchos de esos libros —dijo la abuela— y todo está descrito tan maravillosamente que uno se pasa la noche leyéndolos. ¡Así que mucho ojo, Nástenka, no los leas! ¿Qué clase de libros ha mandado? —preguntó.

—Novelas de Walter Scott, abuela.

—¡Novelas de Walter Scott! Vaya, vaya, ¿seguro no hay ahí algún engaño? Mira bien a ver si no ha metido en ellos alguna nota amorosa.

—No, abuela, no hay ninguna nota.

—Mira bajo la cubierta. A veces los muy bribones los meten bajo la cubierta.

—No hay nada tampoco bajo la cubierta, abuela.

—Bueno, entonces está bien.

Así, pues, comenzamos a leer a Walter Scott y en cosa de un mes leímos casi la mitad. El inquilino siguió mandándonos libros. Mandó las obras de Pushkin, y llegó la hora en que yo no podía vivir sin libros y hasta dejé de pensar en casarme con un príncipe chino.

Así andaban las cosas cuando un día me encontré por casualidad con el inquilino en la escalera. La abuela me había mandado por algo. Él se detuvo, yo me ruboricé y él también, pero se echó a reír, me saludó, preguntó por la salud de la abuela y dijo:

«¿Hola han leído los libros?» Yo contesté que sí. «¿Y cuáles —volvió a preguntar—les han gustado más?» Yo respondí: «*Ivanhoe* y Pushkin son los que más nos han gustado».

Con eso terminó la conversación en ese momento.

Ocho días después volví a encontrarme con él en la escalera. Esta vez la abuela no me había mandado por nada, sino que yo había salido por mi cuenta. Ya habían dado las dos y el inquilino volvía a casa a esa hora. «Buenas tardes», me dijo, y yo le contesté: «Buenas tardes».

—¿Y qué? —me interrogó—. ¿No se aburre usted de estar sentada todo el día junto a su abuela?

Cuando oí la pregunta, no sé por qué me sonrojé. Sentí vergüenza y aflicción de que ya hubieran empezado otros a hablar del asunto. Pensé en no contestar y marcharme, pero me faltaron las fuerzas.

—Mire —dijo—, es usted una buena chica. Perdone que le hable así, pero le aseguro que me intereso por su suerte más que su abuela. ¿No tiene usted ninguna amiga a quien visitar?

Yo dije que no, que solo tenía una, Mashenka, pero que se había ido a Pskov.

—Dígame —continuó—, ¿le gustaría ir al teatro conmigo?

—¿Al teatro? Pero ¿y la abuela?

—La abuela no tiene por qué enterarse.

—No —dije—, no quiero engañar a la abuela. Adiós.

—Bueno, adiós —repitió él. Y no insistió más.

Pero después de la comida vino a visitarnos. Se sentó, habló largo rato con la abuela, le preguntó si salía alguna vez, si tenía amistades, y de repente dijo: «Hoy he sacado un palco para la ópera. Presentan *El Barbero de Sevilla*. Unos amigos iban a ir conmigo, pero después cambiaron de idea y me he quedado con el billete y sin compañía.

—¡*El Barbero de Sevilla*! —exclamó la abuela—. ¿Es ese el mismo *Barbero* que ponían en mis tiempos?

—Sí, el mismo —dijo, dirigiéndome una mirada de complicidad—. Yo lo comprendí todo, me enrojecí de inmediato y el corazón empezó a dar saltos con anticipación.

—¡Cómo no voy a conocerlo! —dijo la abuela—. ¡Si en mis tiempos yo misma representé el papel de Rosina en un teatro de aficionados!

—¿No quisiera usted acompañarme hoy? —preguntó el inquilino—. Si no, se perdería el billete.

—Pues sí, podríamos ir —contestó la abuela—. ¿Por qué no? Además, mi Nástenka no ha estado nunca en el teatro.

¡Qué alegría, Dios mío! Nos preparamos enseguida, nos vestimos con nuestras mejores galas y salimos.

La abuela, aunque no podía ver nada, quería escuchar música, pero es que además es buena. Deseaba que me distrajera un poco, y nosotras por nuestra cuenta no nos hubiéramos atrevido a hacerlo. No le contaré la impresión que me causó *El Barbero de Sevilla*. Solo le diré que durante la velada nuestro inquilino me estuvo mirando con sobrado interés, hablaba tan bien, que pronto me percaté de que aquella misma tarde había querido ponerme a prueba proponiéndome que me escapara y fuéramos solos. ¡Qué alegría! Me acosté tan orgullosa, tan contenta, y el corazón me latía tan fuertemente que tuve un poco de fiebre y toda la noche me la pasé desvariando con *El Barbero de Sevilla*.

Pensé que después de aquello el inquilino vendría a vernos con más frecuencia, pero no fue así. Dejó de hacerlo casi por completo, a lo sumo una vez al mes y solo para invitarnos al teatro. Fuimos un par de veces más, pero no quedé satisfecha. Comprendí que me tenía lástima por la manera en que me trataba la abuela, y nada más. Con el tiempo llegué a sentir que ya no podía permanecer sentada, ni leer, ni trabajar. Me echaba a reír sin razón aparente. Algunas veces molestaba a la abuela a propósito; otras, sencillamente lloraba. Adelgacé y casi me enfermé realmente. Terminó la temporada de ópera y el inquilino dejó por completo de visitarnos. Cuando nos encontrábamos casualmente en la escalera me saludaba con un gesto de cabeza, sin mediar palabra y tan gravemente que parecía no querer hablar.

Al llegar él al portal yo todavía continuaba en medio de la escalera, roja como una cereza, porque toda la sangre se me subía a las mejillas cuando coincidía con él.

Y ahora viene el final. Hace justo un año, en el mes de mayo, el inquilino vino a vernos y dijo a la abuela que ya había terminado de resolver el asunto que lo había traído a San Petersburgo y que tenía que regresar a Moscú por un año. Al escucharlo me puse lívida y caí en la silla como muerta. La abuela por supuesto no lo notó, y él, después de anunciar que dejaba libre la habitación, se despidió y se marchó.

¿Qué podía hacer yo? Después de analizarlo un buen rato y de sufrir lo indecible, tomé una decisión. Él se iba al día siguiente, y yo había decidido acabar con todo esa misma noche después de que se la abuela se acostara. Así fue. Hice un fardo con los vestidos que tenía y la ropa interior que necesitaba y, con él en la mano, más muerta que viva, subí a la habitación de nuestro inquilino. Calculo que tardé una hora en subir la escalera. Cuando se abrió la puerta y me vio lanzó un grito. Creyó sin duda que se trataba de una aparición y corrió a traerme agua porque apenas podía sostenerme de pie. El corazón se agitaba con fuerza, me dolía la cabeza y me sentía mareada. Cuando me repuse un poco, lo primero que hice fue sentarme en la cama con el fardo a mi lado, cubrirme la cara con las manos y romper a llorar desconsoladamente. Él, por lo visto, advirtió todo al instante. Estaba de pie frente mí, pálido, y me miraba con ojos tan tristes que se me conmovió el alma.

—Escuche —me dijo—, escuche, Nástenka. No puedo hacer nada, soy pobre, no tengo nada por ahora, ni siquiera un empleo decente. ¿Cómo viviríamos si me casara con usted?

Hablamos un largo rato y yo acabé por perder el recato. Dije que no podía vivir con la abuela, que me escaparía de casa, que no aguantaba más estar sujeta con un imperdible a su falda, y que si quería, me iba con él a Moscú, porque sin él no podía vivir. La vergüenza, el amor, el orgullo, todo hablaba en mí al mismo tiempo, y a punto estuve de caer en la cama presa de convulsiones. ¡Tenía tanto miedo de que me rechazara!

Él, después de estar sentado en silencio algunos minutos, se levantó, se acercó a mí y tomó una de mis manos.

—Escuche, mi querida Nástenka —empezó con la voz entrecortada por el sentimiento—. Escuche. Le juro que si alguna vez estoy en condiciones de casarme, solo me casaré con usted. Le aseguro que solo usted puede ahora hacerme feliz. Escuche, voy a Moscú y pasaré allí un año exacto. Espero arreglar mis asuntos. Cuando regrese, si no ha dejado de quererme, le juro que nos casaremos. En este momento no es posible, no puedo, no tengo derecho a hacer promesa alguna. Repito que si no es dentro de un año, será de todos modos algún día, por supuesto si no ha escogido usted a otro, porque comprometerla a que me dé su palabra es algo que ni puedo ni me atrevo a hacer.

Eso me dijo, y al día siguiente se fue. Acordamos no decir ni una palabra de aquello a la abuela. Así lo quiso él. Y ahora mi historia está casi tocando a su fin. Ha pasado un exactamente un año. Él ha llegado, lleva aquí tres días enteros y... y...

—¿Y qué? —grité yo, impaciente por conocer el final.

—Y hasta ahora no se ha presentado —respondió Nástenka sacando fuerzas de su flaqueza—. No ha dado señales de vida.

En ese punto se detuvo, se quedó en silencio por un momento, bajó la cabeza y, de pronto, tapándose la cara con las manos, empezó a llorar de manera tal que me laceró el alma.

Yo de ninguna manera esperaba ese desenlace.

—¡Nástenka! —imploré con voz tímida—. ¡Nástenka, no llore, por amor de Dios! ¿Cómo lo sabe usted? Quizá no haya llegado todavía...

—¡Sí, está aquí, está aquí! —insistió Nástenka—. Está aquí, lo sé. Esa noche, la víspera de su partida, establecimos una condición. Cuando nos dijimos todo lo que le he contado a usted llegamos a un acuerdo, vinimos a pasear justamente a este muelle. Eran las diez. Nos sentamos en este banco. Yo había dejado de llorar y lo escuchaba con embeleso. Dijo que en cuanto regresara vendría a vernos, y que si yo todavía lo quería por marido se lo contaríamos todo a la abuela. Ya ha llegado, lo sé, pero no ha venido.

Y se echó a llorar nuevamente.

—¡Dios mío! ¿Pero no hay manera de hacer algo? —grité, saltando del banco con verdadera exasperación—. Diga, Nástenka, ¿no podría ir yo a verlo en su lugar?

—¿Cree usted que podría? —dijo levantando de súbito la cabeza.

—No, claro que no —afirmé refrenándome a tiempo—. Pero, mire, escríbale una carta.

—No, de ninguna manera. Eso no puede ser —contestó ella con voz decidida, pero bajando la cabeza y esquivando la mirada.

—¿Cómo que no puede ser? ¿Cómo qué no? —insistí yo afianzado en mi idea—. Sepa usted, Nástenka, que no se trata de una carta cualquiera. Porque hay cartas de cartas. Hay que hacer lo que digo, Nástenka. ¡Confíe en mí, por favor! No es un mal consejo. Todo esto se puede arreglar. Al fin y al cabo, ha dado usted ya el primer paso, con que ahora...

—No puede ser, no. Parecería que quiero comprometerlo.

—¡Ah, mi buena Nástenka! —la interrumpí sin disimular mi sonrisa—. Le digo a usted que no. Usted, después de todo, está en su, derecho, porque él ya le hizo una promesa. Y, por lo que deduzco, es un hombre cortés, se ha portado bien —agregaba cada vez más entusiasmado con la lógica de mis argumentos y afirmaciones—¿Que cómo se ha portado? Se ha ligado a usted con una promesa. Dijo que si se casaba sería únicamente con usted. Y a usted la dejó en absoluta libertad para rechazarlo sin más. En tal condición puede usted dar el primer paso, tiene usted todo el derecho, le lleva usted ventaja, aunque sea solo, digamos, para devolverle la palabra dada.

—Diga, ¿tiene alguna idea de cómo escribiría usted?

—¿El qué?

—La carta esa.

—Pues escribiría: «Muy señor mío... »

—¿Es absolutamente necesario escribir «muy señor mío»?

—Absolutamente. Pero, ahora que pienso, quizá no lo sea... Creo que...

—Bueno, bueno, siga.

—«Muy señor mío: Perdone que... ». Pero no, no hace falta ninguna excusa. El hecho mismo lo justifica todo. Diga simplemente: «Le escribo. Perdone mi impaciencia, pero durante todo un año he vivido feliz con la añoranza de su regreso. ¿Tengo acaso la culpa de no poder soportar ahora un día de incertidumbre? Ahora que por fin ha llegado, quizá haya cambiado usted de intención. De ser así, esta carta le expresará que ni me quejo ni lo condeno. No puedo condenarlo por no haber logrado hacerme dueña de su corazón. Así lo habrá querido el destino. Es usted un hombre honrado. No se sonría ni se disguste al leer estas líneas impacientes. Recuerde que las escribe una pobre jovencita, que está sola en el mundo, que no tiene quien la instruya y aconseje y que nunca ha sabido dominar su corazón. Perdone si la duda ha hallado abrigo en mi alma, siquiera solo un momento. Usted no sería capaz de ofender, ni siquiera con el pensamiento, a esta que tanto lo ha querido y lo quiere».

—¡Sí, sí! ¡Eso mismo es lo que he estado pensando! —exclamó Nástenka con ojos radiantes de gozo—. Ha despejado usted mis dudas. Es usted un emisario de Dios. ¡Se lo agradezco tanto!

—¿Por qué? ¿Porque soy un emisario de Dios? —pregunté, mirando con éxtasis su rostro alegre.

—Sí, por eso al menos.

—Ay, Nástenka! ¡Demos gracias a que algunas personas forman parte de nuestras vidas! Yo doy gracias por usted, por haberla encontrado y porque la recordaré el resto de mi vida.

—Bien, basta. Ahora escúcheme. En el momento del que le hablo acordamos que, en cuanto llegara, me mandaría noticias suyas en una carta que depositaría en cierto lugar, en casa de unos conocidos míos, gente buena y sencilla, que no sabe nada del asunto. Y que si no le era posible escribirme, porque en una carta es casi imposible decirlo todo, vendría aquí el mismo día de su llegada, a este lugar en que nos dimos cita, a las diez en punto. Sé que ha llegado ya, y hoy, al cabo de tres días, ni he recibido la carta ni ha venido. Por la mañana no puedo separarme de la abuela. Entregue usted mismo la carta mañana a esa buena gente que le digo. Ellos se la harán llegar. Y si hay contestación, usted mismo puede traérmela a las diez de la noche.

—¡Pero la carta, la carta! Lo primero es escribir la carta. De ese modo, quizá para pasado mañana esté todo resuelto.

—La carta... —respondió Nástenka un poco confundida—, la carta... pues...

No terminó la frase. Primero volvió la cara, abochornada y sonrojada, y de repente sentí en mi mano la carta, escrita por lo visto hacía tiempo, toda preparada y sellada. ¡Qué recuerdo tan familiar, tan simpático y gracioso afloró en mi mente!

—Ro-Ro-si-si-na-na, empecé yo.

—¡Rosina! —entonamos los dos, yo casi abrazándola de alborozo, ella ruborizada y sonriendo a pesar de las lágrimas que, como perlas, temblaban en sus negras pestañas.

—Bueno, basta. Ahora, adiós —dijo con impaciencia—. Aquí está la carta y esta es la dirección a la que hay que llevarla. Adiós, hasta otro día, hasta mañana.

Me apretó con fuerza las dos manos, hizo un gesto de saludo con la cabeza y entró disparada en su callejuela. Yo permanecí algún tiempo donde estaba, siguiéndola con la mirada.

«Hasta mañana, hasta mañana», esas palabras que se me quedaron grabadas en la memoria cuando se perdió de vista.

NOCHE TERCERA

Hoy ha sido un día lluvioso, sin un rayo de luz, oscuro y triste como seguramente será mi vejez. Me acosan unos pensamientos tan extraños y unas sensaciones tan sombrías; se agolpan en mi cabeza una serie de preguntas tan confusas que no me siento ni con fuerzas ni con deseos de responderlas. No seré yo quien deba resolver todo esto.

Hoy no nos hemos visto. Ayer, cuando nos despedimos, empezaba a oscurecerse el cielo y se estaba levantando la niebla. Yo sostuve que hoy haría mal tiempo. Ella no contestó porque no quería ir en contra de sus esperanzas. Para ella el día sería luminoso y sereno, ni una sola y descuidada nubecilla empañaría su felicidad.

—Si llueve no nos veremos —dijo—. No vendré.

Yo pensé que ella no haría caso de la lluvia de hoy, pero no vino.

Ayer fue nuestra tercera entrevista, nuestra tercera noche blanca...

¡Pero hay que ver cómo la alegría y la felicidad embellecen al hombre! ¡Cómo hierve de amor el corazón! Es como si uno quisiera fundir su propio corazón con el corazón de otro, como si quisiera que todo se alegrara, que todo riera. ¡Y qué contagiosa puede ser esa alegría! ¡Ayer había en sus palabras tanta satisfacción y en su corazón tanta bondad para conmigo! ¡Qué tierna se mostraba, cómo me mimaba, cómo elogiaba y reconfortaba mi corazón! ¡Cuánta coquetería nacía de su felicidad! Y yo... lo creía todo tan verdadero, tan real, pensaba que ella...

Pero, Dios mío, ¿cómo pude pensarlo? ¿Cómo pude ser tan ciego? Cuando ya otro se había adueñado de todo, cuando ya nada podía ser mío. Cuando al fin y al cabo, esa ternura de ella, esa amabilidad, ese amor..., sí, ese amor hacia mí, no eran sino la alegría ante el próximo encuentro con el otro, el deseo de enlazarme también a su felicidad. Cuando él no vino y nuestra espera resultó inútil, se le ensombreció el rostro, quedó avergonzada y acobardada. Sus palabras y gestos parecían menos coquetos, menos desenfadados y alegres. Y, como cosa extraña, redoblaba su atención para conmigo, como si deseara inconscientemente comunicarme lo que quería, lo que temía si nada de aquello salía bien. Mi Nástenka se intimidó tanto, se asustó tanto, que por lo visto comprendió al fin que yo la amaba y buscaba cobijo en mi pobre amor. Es que cuando somos desgraciados sentimos más intensamente la desgracia ajena. El sentimiento no se dispersa, sino que se concentra.

Llegué a la cita con el corazón pletórico e impaciente por verla. No podía adivinar lo que siento ahora, ni el giro que iba a tomar el asunto. Ella estaba radiante de alegría. Esperaba una respuesta y la respuesta era él mismo. Él vendría corriendo en respuesta a su llamado. Ella había llegado una hora antes que yo. Al principio no hacía sino reír, respondía con carcajadas a cada una de mis palabras. Estuve a punto de hablar, pero me contuve.

—¿Sabe por qué estoy tan contenta? ¿Tan contenta de verlo? —preguntó—. ¿Por qué lo quiero tanto hoy?

—¿Por qué? —pregunté con el corazón tembloroso.

—Pues lo quiero porque no se ha enamorado de mí. Otro, en su lugar, hubiera empezado a importunarme, a incomodarme, a quejarse, a dolerse. ¡Es usted tan bueno!

Me apretó la mano con tanta fuerza que casi me hizo gritar. Ella se echó a reír.

—¡Dios mío, qué gran amigo es usted! —continuó, seria, al cabo de un minuto—. ¡Que sí, que Dios me lo ha enviado a usted! Porque ¿qué sería de mí si usted no estuviera conmigo en este momento? ¡Qué generoso es usted! ¡Qué bien me quiere! Cuando me case, seguiremos muy unidos, más que si fuéramos hermanos. Voy a quererle a usted casi tanto como a él.

En ese instante sentí una tremenda tristeza y, sin embargo, algo así como una manifestación de risa empezó a cosquillearme el alma.

—Está usted muy impetuosa —dije—: Acaso tiene usted miedo. O piensa que no va a venir.

—Bueno —contestó—. Si no estuviera tan contenta creo que su desconfianza y sus reproches me harían llorar. Por otro lado me ha devuelto usted el buen juicio y me ha dado mucho que pensar; pero lo pensaré más adelante; ahora le confieso que tiene usted razón. Sí, estoy un poco fuera de mí. Estoy expectante y hasta las cosas más insignificantes me afectan. Pero, basta, dejémonos de sentimientos...

En ese momento se oyeron pasos y de la oscuridad emergió un transeúnte que vino hacia nosotros. Los dos sentimos un escalofrío y ella casi lanzó un grito. Yo le solté la mano e hice ademán de marcharme. Pero nos habíamos equivocado; no era él.

—¿Qué teme? ¿Por qué me ha soltado la mano? —preguntó tomándola otra vez—, ¿qué pasa? Vamos a encontrarlo juntos. Quiero que él vea cuánto nos queremos.

«¡Ay, Nástenka, Nástenka —pensé—, cuánto has dicho con esa palabra! Un amor como este, Nástenka, en ciertos momentos hiela el corazón y apesadumbra el alma. Tu mano está fría; la mía arde como el fuego. ¡Qué ciega estás, Nástenka! ¡Qué insoportable a veces es la persona feliz! Pero no puedo molestarme contigo... ».

Por fin sentí que mi corazón rebosaba:

—Oiga, Nástenka —exclamé—. ¿Sabe lo que he hecho en el día de hoy?

—Bueno, ¿qué ha hecho? ¡A ver, cuénteme de prisa! ¿Por qué no lo había dicho hasta este instante?

—En primer lugar, Nástenka, cuando hice todos sus recados, entregué la carta, fui a ver a esas buenas personas... fui a casa y me acosté...

—¿Nada más, eso fue todo? —me interrumpió riendo.

—Sí, casi nada más —respondí haciendo un esfuerzo porque en los ojos me ardían unas lágrimas estúpidas—. Me desperté apenas una hora antes de nuestra cita, y me parecía que no había dormido. No sé lo que me pasaba. Se me antojaba que había salido para contarle a usted todo esto y que iba por la calle como si se me hubiese detenido el tiempo, como si hasta el fin de mi vida debiera tener solo una sensación, un sentimiento, como si, un minuto, debiera convertirse en toda una eternidad, y como si la vida se hubiera detenido su curso... Cuando desperté creí que volvía a recordar un motivo musical de gran dulzura, largo tiempo conocido, oído antes en algún lugar. Imaginaba que ese motivo había querido brotar de mi alma durante toda mi vida y que solo ahora...

—¡Dios mío! ¿Qué significa eso? —No entiendo una palabra.

—¡Ay, Nástenka! Quería comunicarle a usted de algún modo esa extraña impresión... — indiqué con voz afligida en la que, aunque muy remota, latía aún la esperanza.

—Basta, basta, no continue! —dijo, y en un momento la astuta lo comprendió todo. De pronto se volvió locuaz, alegre y traviesa. Me cogía del brazo, reía, quería que yo también riera, y recibía cada confusa palabra mía con larga y sonora carcajada. Yo comencé a molestarme y ella entonces se puso a coquetear.

—¿Sabe? —dijo—. Me ofende un poco que no se enamore usted de mí. Después de esto no sé qué pensar de la naturaleza humana. Pero, de todos modos, señor inflexible, no puedo acusarme por lo tonta que soy. Yo le cuento a usted todo, por grande que sea el disparate que se me viene a la cabeza.

—Escuche. Parece que están dando las once —dije cuando se oyeron las campanadas de una lejana torre de la ciudad. Ella se calló de inmediato, dejó de reír y se puso a contar.

—Sí, las once —dijo al fin con voz débil y titubeante.

Yo me arrepentí al instante de haberla asustado, de haberle hecho notar la hora, y me condené por mi arrebato de malicia. Sentí lástima por ella y no sabía cómo enmendar mi conducta. Me puse a consolarla, a buscar razones que explicaran la tardanza del caballero, a ofrecer argumentos y pruebas. Nadie era tan fácil de engañar en ese momento como ella, porque en situaciones así todos escuchamos con alegría cualquier palabra de consuelo y nos contentamos con una sombra de justificación.

—Pero esto es ridículo —dije yo, animándome cada vez más y muy complacido de la insólita claridad de mis pruebas—, pero si no podía haber venido. Usted, Nástenka, me ha cautivado y confundido de tal forma que he perdido la noción del tiempo... Piense usted que apenas ha habido tiempo de que recibiera la carta. Supongamos que ha surgido un inconveniente que le ha impedido venir; supongamos que piensa contestar; en tal caso la carta no llegará hasta mañana. Yo mañana voy a recogerla tan pronto como amanezca y enseguida le diré a usted lo que hay. Piense, por último, en un sinfín de posibilidades, por ejemplo, que no estaba en casa cuando llegó la carta, y que quizá no la haya leído todavía. Todo eso es posible.

—Sí, sí —contestó Nástenka—, no había pensado en eso. Claro que todo es posible — continuó con tono de aprobación, pero en el que, como una disonancia enojosa, se percibía otra idea lejana—. Mire lo que debe hacer. Usted va mañana lo más temprano posible y si recibe algo me lo hace saber enseguida. ¿Pero sabe usted dónde vivo? —y empezó a repetirme su dirección.

Luego, sin transición, se puso tan afectuosa y tímida conmigo... Parecía escuchar con atención lo que le decía, pero cuando me volví hacia ella para hacerle una pregunta, guardó silencio, quedó confundida y volvió la cabeza. La miré a los ojos. Efectivamente, estaba llorando.

—Pero ¿es posible? ¡Qué niña es usted! ¡Pero qué niñería!... Vamos, basta.

Trató de sonreír y se calmó, pero aún le temblaba la barbilla y le vibraba el pecho.

—Estoy pensando en usted —me dijo tras un minuto de silencio—. Es usted tan generoso que una tendría que ser de piedra para no notarlo. ¿Sabe lo que se me ha ocurrido en este momento? Pues compararlos a ustedes dos. ¿Por qué él y no usted? Él no es tan bueno como usted, aunque lo quiero más que a usted.

Yo no contesté. Ella, por lo visto, esperaba que dijera alguna cosa.

—Claro que quizá no lo comprendo bien todavía, apenas lo conozco. Parecía, ¿sabe usted? como si siempre le tuviera miedo, por lo serio que estaba siempre, parecía siempre tan orgulloso. Por supuesto que era solo en apariencia. En el corazón tenía más ternura que yo. Recuerdo cómo me miraba cuando, como ya le he dicho, fui a buscarlo con el hatillo de ropa. Pero aun así, le tengo, no sé por qué, demasiado respeto y esto crea cierta diferencia entre nosotros.

—No, Nástenka —repliqué—, eso quiere decir que usted lo quiere más que a nadie en el mundo, mucho más de lo que usted se quiere a sí misma.

—Bueno, supongamos que sea así —dijo la inocente Nástenka—. ¿Sabe usted lo que se me ocurre? Pero ahora no quiero hablar por solo mí sino en general. Esto ya lo he pensado desde hace tiempo. Escuche, ¿por qué no nos tratamos unos a otros como hermanos? ¿Por qué hasta el hombre más bueno se camufla y calla en presencia de otro? ¿Por qué no decir sin rodeos lo que tiene uno en el corazón, inmediatamente, cuando sabe uno que su palabra no se la llevará el viento? ¿Por qué parecer más huraño de lo que uno es en realidad? Es como si cada cual temiera violentar los propios sentimientos si los expresa abiertamente.

—¡Ah, Nástenka, dice usted una grandísima verdad Eso es el resultado de varias razones —interrumpí yo, que en ese instante reprimía mis propios sentimientos como nunca antes.

—No, no —respondió ella con intensa emoción—. Usted, por ejemplo, no es como los demás. Francamente, no sé cómo explicarle lo que siento, pero creo que usted, por ejemplo..., aunque ahora..., me parece que usted sacrifica algo por mí —agregó con timidez, observándome con una mirada fugaz—. Perdone que le hable así. Soy una muchacha sencilla, he visto poco mundo y la verdad, no sé cómo expresarme a veces —añadió con voz temblorosa por algún encubierto sentimiento, y procurando sonreír al mismo tiempo—. Pero solo quería decirle que soy agradecida y que aprecio todo esto... ¡Que Dios se lo pague haciéndole feliz! Lo que me contó usted de su soñador no tiene ni un ápice de verdad; quiero decir, que no tiene ninguna relación con usted. Usted se repondrá. Usted es muy diferente de cómo se describe a sí mismo. Si alguna vez se enamora ¡ojalá Dios le haga feliz con ella! A ella no le deseo nada porque será feliz con usted. Lo sé porque soy mujer y debe usted creer en lo que digo...

Calló y me apretó la mano con fuerza. A mí la turbación me impidió decir nada.

Pasaron algunos instantes.

—Bueno, está visto que no viene hoy —dijo por último alzando la cabeza—. Ya es tarde...

—Vendrá mañana —dije con voz segura y confiada.

—Sí —añadió ella animándose—. Ahora veo que no vendrá hasta mañana. ¡Hasta la vista pues, hasta mañana! Si llueve quizá no venga. Pero con seguridad vendré pasado mañana, vendré pase lo que pase. Esté usted aquí sin falta. Quiero verlo y le contaré todo.

Seguidamente, cuando nos despedimos, me dio la mano y dijo mirándome serenamente a los ojos:

—En adelante estaremos siempre juntos, ¿verdad?

¡Oh, Nástenka, Nástenka, si supieras cuan solo estoy ahora!

Cuando dieron las nueve se me hizo intolerable quedarme encerrado en la habitación. Me vestí y salí a pesar del mal tiempo. Fui al lugar de la cita y me senté en nuestro banco. Hasta llegué a su calle, pero me dio vergüenza y giré sobre los talones, sin atreverme a mirar sus ventanas y sin dar más que dos pasos hacia su casa. Llegué a la mía dominado por el abatimiento más grande que he sentido en mi vida. ¡Qué tiempo tan despiadado y sombrío! Si al menos fuera bueno, me hubiera quedado paseando allí toda la noche...

Bueno, hasta mañana. Mañana me lo contará todo.

Pero no ha habido carta hoy. Aunque al verlo bien, sin embargo, quizá había de ser así. Estarán ya juntos...

NOCHE CUARTA

¡Dios mío, cómo ha terminado todo esto! ¡Qué fin ha tenido!

Llegué a las nueve. Ella ya estaba allí. La observé desde una cierta distancia. Estaba, como aquella primera vez, apoyada en la barandilla del muelle y no me oyó acercarme.

—¡Nástenka! exclamé haciendo un esfuerzo por contener mi emoción.

Ella enseguida se volvió hacia mí.

—¡Bueno —dijo—, de prisa!

La miré desconcertado.

—Pero ¿dónde está la carta? ¿Ha traído usted la carta? —repitió apretando con fuerza la barandilla.

—No, no tengo carta —dije al fin—. ¿Entonces, él no ha venido?

Ella se puso mortalmente pálida y me miró, inmóvil, largo rato. Yo había eliminado su última esperanza.

—¡Que sea lo que Dios quiera! —dijo al rato con voz entrecortada—. ¡Qué Dios lo perdone por abandonarme así!

Bajó los ojos y luego intentó mirarme pero no pudo. Durante algunos segundos trató de dominar su emoción, pero de pronto me volvió la espalda, apoyó los codos en la barandilla del muelle y se deshizo en llanto.

—Basta, basta —empecé a decir, pero, mirándola, no tuve fuerzas para seguir. Al fin y al cabo, ¿qué consuelo podía darle?

—¡Pero qué inhumano y cruel es esto! —empezó de nuevo—. ¡Ni tan siquiera una línea! Si al menos afirmara que no me necesita, que no quiere nada conmigo... ¡Pero eso de no escribirme ni siquiera unas líneas en tres días seguidos! ¡Qué fácil le es ofender a otros, lastimar así a una pobre chica indefensa, cuya único delito ha sido quererlo! ¡Ay, lo que he sufrido estos tres días! ¡Dios mío, Dios mío! Cuando recuerdo que fui yo la que fue a verlo por primera vez, que me humillé ante él, que lloré, que mendigué una migaja de amor siquiera... ¡Y después de eso...! ¡Oiga —dijo volviéndose hacia mí con sus centelleantes ojos negros—; eso no puede ser, eso no puede ser así, eso no es natural! Uno de nosotros dos, usted o yo, se habrá confundido. No habrá recibido la carta. Quizá esta es la hora en que todavía no sabe nada. ¿Cómo es posible? Juzgue usted mismo, explíqueme, por amor de Dios, explíqueme, porque yo no puedo entenderlo. ¿Cómo es posible portarse tan cruel y groseramente como él se ha portado conmigo? ¡Ni siquiera una palabra! ¡Hasta a la persona más insignificante del mundo se le trata con más compasión! ¿Es posible que haya oído algún rumor? ¿Es posible que alguien le haya dicho cosas de mí? —gritó volviéndose, inquisitiva, hacia mí—, ¿Qué piensa usted?

—Mire, Nástenka, mañana voy a verlo de parte de usted.

—¿Y qué?

—Le pregunto todo y le cuento todo.

—¿Y qué? ¿Y qué?

—Usted escribe una carta. No se niegue a hacerlo, Nástenka, no diga que no. Lo obligaré a respetar el comportamiento de usted, se enterará de todo, y si...

—No, amigo mío, no —interrumpió—. Ya basta. No recibirá de mí una palabra, ni una sola palabra, ni una línea. Ya basta. Ya no lo conozco, ya no lo quiero, lo olvidaré...

No pudo terminar la frase.

—Cálmese, cálmese. Siéntese aquí, Nástenka —dije obligándola a sentarse en el banco.

—¡Pero si estoy tranquila! Basta, así es la vida. Y estas lágrimas ya se secarán. ¿Acaso cree usted que me voy a matar? ¿Qué me voy a arrojar al agua?

Mi corazón estaba desbordado por la emoción. Quise hablar, pero no pude.

—Diga —continuó, cogiéndome de la mano—, ¿usted no se comportaría de esa manera, ¿verdad? ¿No abandonaría a quien se hubiera acercado a usted por su propia voluntad? ¿Usted no le echaría en cara, con burlas crueles, el tener un corazón débil y crédulo? ¿Usted la cuidaría? ¿Usted pensaría que era una muchacha sola, que no sabía mirar por sí misma ni cuidarse del amor que sentiría por usted... que ella no tenía la culpa .... que, en fin, no tenía la culpa de... que no había hecho nada malo? ¡Ay, Dios mío, Dios mío!

—¡Nástenka! —exclamé por fin sin poder controlar mi agitación—, Nástenka, usted me está torturando, usted me destroza el corazón, usted me mata. ¡Nástenka, no puedo callar! ¡Tengo que hablar, decir todo lo que me aflige aquí, en el corazón!

Al decir esto me levanté del banco. Ella me tomó de la mano y me miró con asombro.

—¿Qué le pasa? —preguntó por fin.

—Escuche —dije con determinación—. Escúcheme, Nástenka. Todo lo que voy a decirle es absurdo, todo es imposible y estúpido. Sé que nada de eso puede realizarse, pero no puedo callar por más tiempo. ¡En nombre de lo que usted padece ahora, le ruego de antemano que me perdone!

—Pero ¿qué es esto? —preguntó dejando de llorar y mirándome fijamente, mientras en sus ojos sorprendidos brillaba una extraña curiosidad—. ¿Qué le sucede?

—Esto es imposible, lo sé, pero la quiero a usted, Nástenka. Eso es lo que me sucede. Ahora ya lo sabe usted todo —agregué recalcando lo dicho con el brazo—. Ahora verá usted si puede hablar conmigo como hablaba hace un momento y si puede escuchar entonces lo que voy a decirle…

—Bueno, ¿y qué? —me cortó Nástenka—. ¿Qué hay de nuevo en eso? Ya sabía que me quería usted, aunque imaginaba que me quería así, sencillamente, sin segundas intenciones… ¡Ay, Dios mío!

—Al principio, sí, sencillamente, pero ahora…, ahora soy exactamente como usted cuando fue a verlo a él con el hatillo de ropa. No, todavía peor, Nástenka porque para aquel momento él no quería a nadie, mientras que ahora usted quiere a otro.

—¿Qué dice usted? No lo entiendo a usted en absoluto.

Pero dígame, ¿con qué intención, es decir, no con qué intención, sino por qué se pone usted así tan de repente? ¡Cielo santo, estoy diciendo tonterías ... ! Pero usted...

Nástenka quedó completamente desconcertada. Se le encendieron las mejillas y bajó los ojos.

—¿Qué hago, Nástenka, qué hago? Soy culpable, me he aprovechado de... Pero no, ¡qué va! No, Nástenka. Conozco este sentimiento, lo siento, porque el corazón me dice que tengo razón y que de ninguna manera puedo ofenderla o injuriarla. Era amigo de usted y sigo siéndolo. Eso no ha cambiado en nada. Mire cómo se me saltan las lágrimas, Nástenka. ¡Que se me salten, pues! No molestan a nadie. Ya se secarán...

—¡Pero siéntese, siéntese! —dijo obligándome a sentarme en el banco—. ¡Ay, Dios mío!

—¡No, Nástenka, no quiero sentarme! Yo ya no puedo seguir aquí por más tiempo; usted no me verá nunca más. Voy a decirlo todo y me desaparezco. Solo quiero decir que usted no hubiera sabido nunca que la quiero. Yo hubiera guardado el secreto y no la hubiera martirizado aquí y en este momento con mi egoísmo. Pero es que no he podido aguantar más; usted misma empezó a hablar de esto, usted misma ha tenido la culpa, toda la culpa, y no yo. Usted no puede alejarme de su lado...

—¡Pero claro que no, no señor, yo no pienso alejarlo de mi lado! —dijo Nástenka, ocultando, la pobre, su confusión como mejor pudo.

—¿No me aleja usted? Pues entonces yo mismo decido partir. Me voy, solo que antes le contaré a usted todo, porque cuando usted hablaba hace apenas un momento no podía quedarme quieto en mi asiento; cuando usted lloraba, cuando usted sufría porque... (voy a decirlo tal como es, Nástenka), porque es usted menospreciada, porque su amor no es correspondido, ¡yo sentía, por mi parte, tanto amor por usted, tanto amor! Y me daba tanta lástima no poder ayudarla con ese amor... que se me partía el alma y... ¡y no pude callar y tuve que hablar, Nástenka, tuve que hablar!...

—¡Sí, sí! ¡Hábleme, hábleme con absoluta franqueza! —dijo Nástenka con un gesto delicado—. Quizá le parezca extraño que se lo diga, pero... ¡hable! ¡Ya le diré más tarde! ¡Ya le contaré todo!

—¡Me tiene usted lástima, Nástenka, solo lástima, amiga mía! A lo hecho, pecho. Agua pasada... ¿no es verdad? Bueno, ahora lo sabe usted todo. Algo es algo. ¡Muy bien! ¡Todo está ahora bien! Ahora escuche. Cuando estaba usted ahí sentada llorando, yo pensé para mis adentros (¡ay, déjeme decir lo que pensé!) pensé que (claro que esto, Nástenka, es imposible)... pensé que usted... pensé que usted, no sé cómo..., bueno, por algún extraño motivo ya había dejado de quererlo. Entonces —y yo ya estaba pensando esto, Nástenka, ayer y anteayer—, entonces yo hubiera hecho de modo... hubiera hecho sin duda de modo que usted me fuera tomando cariño, porque usted misma dijo, usted misma aseguró, Nástenka, que ya casi me quería. Ahora, ¿qué más? Bueno, esto es casi todo lo que ansiaba decir: solo queda por decir lo que pasaría si usted me tomara cariño, nada más. Escuche, amiga mía (porque de todos modos es usted mi amiga), yo, por supuesto, soy un hombre sencillo, pobre, muy poca cosa, pero no importa (estoy tan confuso, Nástenka, que no acierto en nada); solo sé que la querría de tal forma... de tal forma la querría, que si usted continuara queriéndolo a él, si siguiera queriendo a ese hombre para mí desconocido, vería usted que mi amor no sería para usted una carga. Usted solo notaría... solo sentiría a cada instante que junto a usted late un corazón honrado, honrado, un corazón ardiente, que para usted... ¡Ay, Nástenka, Nástenka! ¿Qué ha hecho usted conmigo?

—No llore, no quiero que llore —dijo Nástenka levantándose rápidamente del banco—. Vamos, levántese, venga conmigo. No llore más, no llore —continuó diciendo mientras me secaba las lágrimas con su pañuelo—. Bueno, vamos; puede que le diga algo... Sí, si ahora él me abandona, si me olvida, aunque yo todavía lo quiero (no me pretendo engañarlo a usted)... Pero escuche y contésteme. Si yo, por ejemplo, le tomara cariño a usted, es decir, si yo... ¡Ay, amigo mío, amigo mío! ¡Cómo veo claramente ahora la afrenta que cometí cuando me reí de su amor, cuando lo elogiaba por no haberse enamorado de mí... ! ¡Ay Dios! ¿Pero cómo no adiviné esto? ¿Cómo no lo adiviné? ¿Cómo pude ser tan ingenua? pero, en fin, estoy decidida. Voy a contarle todo...

—Mire, Nástenka, ¿sabe lo que voy a hacer? Me alejaré de usted. Sí, eso, me iré de su lado. No hago más que atormentarla. Ahora le remuerde la conciencia porque se rio usted de mí, y no quiero... eso, no quiero que, junto a la tristeza que siente..., yo, por supuesto, tengo la culpa, Nástenka, pero... ¡adiós!

—Deténgase y escúcheme. ¿Es que acaso no puede usted esperar?

—¿Esperar qué?

—Yo lo quiero a él, pero esto pasará, esto tiene que pasar. Es imposible que no pase, está pasando ya, lo siento... ¿Quién sabe? Quizá termine hoy mismo, porque lo odio, porque se ha reído de mí, mientras que usted ha llorado aquí conmigo, porque usted no me hubiera rechazado como él lo ha hecho, porque usted también me quiere y él no, porque, en pocas palabras, yo lo quiero a usted... ¡Sí, lo quiero! Lo quiero como usted me quiere a mí; y, a decir verdad, yo misma se lo había dicho antes, usted mismo lo oyó. Lo quiero porque es usted mejor que él, porque es usted más noble que él, porque, porque él...

La emoción de la pobre muchacha era tan impetuosa que no terminó la frase; puso la cabeza en mi hombro, luego en mi pecho y comenzó a llorar amargamente. Traté de consolarla, de convencerla, pero no cesaba en su llanto; tan solo me apretaba la mano y decía entre sollozos: «¡Espere, espere, acabo enseguida! Quiero decirle... no piense usted que estas lágrimas... esto no es más que debilidad; espere a que me pase... ». Por fin se tranquilizó, se enjugó las lágrimas y continuamos nuestro paseo. Yo hubiera querido hablar, pero ella siguió diciéndome que esperara. Guardamos silencio ... Al fin, sacó fuerzas de su flaqueza y comenzó a hablar ...

—Mire —empezó a decir con voz lánguida y trémula, pero en la que de pronto empezó a vibrar algo que entró en mi corazón y lo llenó de dulce regocijo—, no me crea usted liviana y veleidosa. No piense que soy capaz de mudar y olvidar tan ligera y rápidamente... Le he querido a él un año entero y juro por lo más sagrado que nunca, nunca le he faltado, ni con el pensamiento siquiera. Él ha menospreciado esto y se ha reído de mí ¡qué se le va a hacer! Me ha agraviado y me ha herido el corazón. No... no lo quiero, porque solo puedo querer lo que es generoso, lo que es indulgente, lo que es noble —porque yo soy así y él es indigno de mí— bueno, ¿qué se le puede hacer? Mejor es que haya actuado así ahora y no que más tarde me hubiera enterado con desencanto de cómo es... Bien, ¡olvidando todo eso! Pero ¿quién sabe, mi buen amigo? —prosiguió, apretándome la mano—. ¿Quién sabe si quizá todo el amor mío no fue más que una ilusión de los sentidos, de la fantasía? ¿Quién sabe si no empezó como una travesura, como una chiquillada, por encontrarme bajo la vigilancia de la abuela? Quizá debiera amar a otro, y no a él, no a un hombre como él, sino a otro que me tuviera lástima y... Pero dejemos esto, dejémoslo —intervino Nástenka, a quien ahogaba la agitación—, solo quería decirle... quería decirle que sí, a pesar de que lo quiero a él (no, que le quería), si, a pesar de eso, dice usted todavía..., si siente usted que su cariño es tan grande que puede con el tiempo reemplazar al anterior en mi corazón... si de veras se apiada usted de mí, si no quiere dejarme sola en mi infortunio, sin consuelo, sin esperanza, si promete amarme siempre como ahora me ama, en ese caso le juro que la correspondencia... que mi cariño acabará siendo digno del suyo... ¿me cogerá usted de la mano ahora?

—Nástenka —grité ahogado por los sollozos—. ¡Nástenka, oh, Nástenka!

—¡Bueno, basta, basta! ¡Bueno, basta ya de verdad! —dijo, haciendo un esfuerzo para calmarse—. Ahora ya está todo dicho, ¿verdad? ¿No es así? Usted es feliz y yo soy feliz. No se hable más del asunto. Espere, no me apure... ¡Hable de otra cosa, por amor de Dios!...

—¡Sí, Nástenka, sí! Con eso es suficiente, ahora soy feliz... Bueno, Nástenka, bueno, hablemos de otro tema. ¡A ver, a ver, de otro tema! Sí, estoy dispuesto...

No sabíamos de qué hablar, reíamos, llorábamos, decíamos mil palabras sin ningún sentido. Caminábamos por la acera y de repente volvíamos sobre nuestros pasos y cruzábamos la calle. Luego nos deteníamos y volvíamos al muelle. Parecíamos unos chiquillos...

—Ahora vivo solo, Nástenka —decía yo—, pero mañana... Ya sabe usted, Nástenka, que, por supuesto, soy pobre. En total, mi único capital son 1.200 rublos, pero eso no importa...

—Claro que no. Además la abuela tiene una pensión y no será una carga. Tenemos que llevarnos a la abuela.

—Desde luego hay que llevarse a la abuela... Ahora bien, y también está Matriona...

—¡Ah, sí, y nosotras tenemos a Fiokla!

—Matriona es muy buena, solo tiene un defecto. Carece de imaginación, Nástenka, carece por completo de imaginación. Pero eso no tiene relevancia.

—Ninguna. Pueden vivir juntas. Entonces se muda usted a nuestra casa.

—¿Cómo? ¿A casa de ustedes? Muy bien, estoy dispuesto.

—Sí, como inquilino. Ya le he contado que tenemos un desván en lo alto de la casa y que está vacío. Teníamos una inquilina, una vieja de familia noble, pero se nos fue, y sé que la abuela busca ahora a un joven. Yo le pregunto: «¿Por qué un joven?» Y ella responde: «Porque ya soy vieja; pero no vayas a creerte, Nástenka, que te estoy buscando marido». Yo sospechaba que era esa la idea...

—¡Ay, Nástenka!

Y los dos rompimos a reír.

—Bien, basta ya. ¿Y usted dónde vive? Ya se me ha olvidado.

—Ahí, cerca de uno de los puentes, en casa de Barannikov.

—¿Esa casa tan grande?

—Sí, esa casa tan grande.

—Ah, sí, claro, ya sé, es una casa hermosa. Bueno, pues ya sabe que mañana la deja y se muda a vivir con nosotras cuanto antes...

—Pues mañana, Nástenka, mañana. Estoy algo retrasado con el pago del alquiler, pero no importa... Voy a recibir mi paga pronto y...

—Y ¿sabe?, quizá yo dé lecciones. Yo misma me formaré y daré lecciones...

—¡Magnífico! Y yo recibiré pronto una gratificación, Nástenka...

—De modo que mañana será usted nuestro inquilino...

—Sí, e iremos a escuchar a *El Barbero de Sevilla,* porque lo van a presentar pronto otra vez.

—Sí que iremos —dijo riendo Nástenka—. No. Mejor será que vayamos a escuchar otra obra en lugar de *El Barbero.*

—Bueno, muy bien, otra cosa. Por supuesto que será mejor otra obra. No lo había pensado...

Hablando así, íbamos y veníamos como irreflexivos, como caminantes en la niebla, como si no supiéramos qué nos estaba sucediendo. A veces nos deteníamos y charlábamos largo rato en un mismo lugar; a veces reanudábamos nuestras idas y venidas y llegábamos hasta Dios sabe dónde, y allí volvíamos a reír y volvíamos a llorar... De pronto, Nástenka decidió volver a casa. Yo no me atreví a detenerla y quise acompañarla hasta la puerta. Nos pusimos en camino y al cabo de un cuarto de hora nos hallamos de nuevo en nuestro banco del muelle. Allí suspiró y alguna lagrimilla volvió a nublarle los ojos. Yo quedé cohibido y perdí un tanto mi entusiasmo... Pero ella, allí mismo, me apretó la mano y me incitó de nuevo a caminar, a conversar, a contar cosas...

—Ya es hora de que vaya a casa, ya es hora. Pienso que debe ser muy tarde —dijo al fin Nástenka—, ¡basta ya de chiquilladas!

—Sí, Nástenka, pero lo que es dormir, no dormiré ahora. Yo no me voy a casa.

—Yo parece que tampoco voy a dormir. Pero venga usted conmigo.

—Por supuesto.

—Esta vez, sin embargo, es necesario que lleguemos hasta mi casa.

—Claro. Por supuesto.

—¿Palabra de honor?... Porque alguna vez habrá que volver a casa.

—Palabra de honor —contesté riendo.

—Bueno, en marcha.

—Marchando.

—Mire el cielo, Nástenka, mírelo. Mañana va a hacer un buen día. ¡Qué cielo tan azul! ¡Qué luna! ¡Mire cómo la va a cubrir esa nube amarilla, mire, mire! No, ha pasado junto a ella. ¡Mire, mire!

Pero Nástenka no miraba la nube, sino que, petrificada en el lugar, guardaba silencio. Un instante después comenzó a apretarse contra mí con una pizca de timidez. Su mano temblaba en la mía. La miré... Ella se apoyó contra mí con más fuerza aún.

En ese momento paso junto a nosotros un joven. Se detuvo de repente, nos miró con mucha atención y luego dio unos pasos más. Mi corazón tembló.

—Nástenka —pregunté yo a media voz—, ¿quién es, Nástenka?

—Es él —respondió con un murmullo, apretándose aún más temblorosa contra mí.

Yo apenas podía mantenerme de pie.

—¡Nástenka! ¡Nástenka! ¡Eres tú! —exclamó una voz detrás de nosotros y en ese momento el joven dio unos pasos hacia donde nos encontrábamos.

¡Dios mío, qué grito lanzó ella! ¡Cómo temblaba! ¡Cómo se liberó forcejeando de mis brazos y corrió a su encuentro! Yo me quedé mirándolos con el corazón destrozado. Pero apenas le dio ella la mano, apenas se hubo arrojado a sus brazos, cuando de pronto se volvió de nuevo hacia mí, corrió a mi lado como una ráfaga de viento, como un relámpago, y antes de que yo pudiera darme cuenta me rodeó el cuello con los brazos y me besó con vehemencia, ardientemente. Luego, sin decirme una palabra, corrió otra vez a él, lo tomó de la mano y lo arrastró tras sí.

Yo me quedé largo rato donde estaba, siguiéndolos con la mirada. Por fin se perdieron de mi vista.

LA MAÑANA

Mis noches terminaron esa mañana. Era un día lóbrego. Llovía, y la lluvia golpeaba tristemente en los cristales de mi ventana. Mi habitación estaba oscura y el patio sombrío. La cabeza me palpitaba y me daba vueltas. La fiebre se iba adueñando de mi cuerpo.

—Carta para ti, señorito. El cartero la ha traído por correo interior —dijo Matriona inclinándose sobre mí.

—¿Una carta? ¿De quién? —grité saltando de la silla.

—No tengo idea, señorito. Mire bien. Debe estar escrito ahí.

Rompí el sello. Era de ella.

«Perdone, perdóneme —me suplicaba Nástenka—, de rodillas se lo pido, perdóneme. Le he engañado a usted y me he engañado a mí misma. Ha sido un sueño, una ilusión... ¡No puede imaginarse cómo lo he extrañado hoy! ¡Perdóneme, perdóneme!

»No me culpe, porque en nada han cambiado mis sentimientos con respecto a usted. Le dije que lo amaría y ya lo amo, y aún lo amo más de la cuenta. ¡Ay, Dios mío! ¡Si fuera posible amarlos a ustedes dos a la vez! ¡Ay, si fuera usted él! »

«¡Ay, si él fueras tú!» —me cruzó por la mente. Recordé tus propias palabras, Nástenka.

«¡Dios sabe lo que yo haría por usted ahora! Sé que está usted desconsolado y triste. Lo he ofendido, pero ya sabe usted que quien ama no recuerda largo tiempo la ofensa. Y usted me ama.

»Siento una enorme gratitud, sí, le agradezco a usted ese

amor. Porque ha quedado grabado en mi memoria como un dulce sueño, un sueño de esos que uno recuerda largo rato después de despertar; siempre recordaré el momento en que usted me abrió su corazón tan afectuosamente, y tomó en prenda el mío, destrozado, para defenderlo, abrigarlo, curarlo... Si me perdona, mi recuerdo de usted llegará a ser un sentimiento de agradecimiento que nunca se borrará de mi alma... Guardaré ese recuerdo, le seré fiel, no lo traicionaré, no puedo traicionar a mi propio corazón; es demasiado constante. Ayer se volvió de inmediato hacia aquel a quien ha pertenecido siempre.

»Nos reuniremos, usted vendrá a vernos, no nos abandonará, será siempre mi amigo, mi hermano. Y cuando me vea me dará la mano... ¿verdad? Me la dará usted en señal de que me ha perdonado, ¿verdad? ¿Me querrá usted *como antes?*

»Quiérame, sí, no deje de quererme, no me abandone, porque yo lo quiero tanto en este momento... porque soy digna de su amor, porque lo mereceré... ¡mi muy querido amigo! La semana entrante nos casamos. Ha vuelto enamorado, nunca me olvidó. No se enfade usted porque hablo de él. Quisiera ir con él a verlo a usted; usted le tomará afecto, ¿verdad?

»Perdónenos, y recuerde y quiera a su Nástenka».

Leí varias veces la carta con lágrimas en los ojos. Por fin se me escapó de las manos y me cubrí la cara.

—¡Mira, mira, señorito! —exclamó Matriona.

—¿Qué pasa, mujer?

—Que he quitado todas las telarañas del techo. Ahora, puedes casarte, invita a mucha gente, antes de que el techo se ensucie otra vez...

Miré a Matriona... Era todavía una mujer joven y vigorosa. Pero no sé por qué, de repente se me figuró apagada de vista, arrugada de piel, encorvada, decrépita. No sé por qué me pareció de pronto que mi cuarto envejecía a la par que Matriona. Las paredes y los suelos perdían su brillo; todo se desgastaba; las telarañas expandían su dominio. No sé por qué, cuando miré por la ventana, me pareció que la casa de enfrente también perdía su brillo y se desgastaba, que el estuco de sus columnas se desconchaba, se desprendía, que las cornisas se enmohecían y agrietaban, y que las paredes se cubrían de manchas de un amarillo oscuro y chillón...

Tal vez era un rayo de sol que, al surgir de detrás de una nube preñada de lluvia, volvió a ocultarse de repente oscureciendo todo ante mis ojos. O quizá la perspectiva entera de mi futuro se dibujó ante mí tan sombría, tan afligida, que me vi como soy efectivamente ahora, quince años después, como un hombre decrépito, que sigue viviendo en este mismo cuarto, tan solo como antes, con la misma Matriona, que no se ha despabilado nada en todos estos años.

¿Pero presumir que escribo esto para recordar mi ofensa, Nástenka? ¿Para enturbiar tu felicidad clara y serena? ¿Para provocar con mis amargas quejas el desconsuelo en tu corazón, para envenenarlo con secretos remordimientos y hacerlo latir con aflicción en el momento de tu felicidad? ¿Para estrujar una sola de esas bellas flores con que adornaste tus negros rizos cuando te acercaste con él al altar ... ? ¡Ah, eso nunca, eso nunca!

¡Que resplandezca tu cielo, que sea brillante y serena tu sonrisa, que Dios te bendiga por el minuto de dicha y felicidad que brindaste a otro corazón solitario y agradecido!

¡Dios mío! ¡Solo un momento de dicha! Pero ¿acaso eso es poco para toda una vida humana?

El pequeño héroe

Por aquel entonces yo debía de tener apenas unos once años. En julio me enviaron a pasar una temporada en un pueblo cercano a Moscú, en la casa de un familiar llamado T., donde se había reunido una multitud que superaba fácilmente a las cincuenta personas, aunque no podría asegurarlo, pues en realidad no me tomé la molestia de contarlas. Reinaba allí un bullicio constante, una algarabía desbordante que sugería el inicio de una fiesta interminable. Daba la impresión de que el anfitrión estuviera decidido a gastar todo su dinero en un suspiro, y a juzgar por el desenfreno, estaba a punto de lograrlo, vaciando hasta el último kopek de su patrimonio.

A cada rato llegaban nuevos invitados. La proximidad de Moscú permitía que los que se iban fueran reemplazados sin pausa por otros que recién llegaban, mientras la celebración continuaba con un flujo inagotable de actividades. Las diversiones se sucedían unas a otras sin tregua, como si el tiempo no tuviera fin. Se organizaban paseos a caballo en grandes grupos por los alrededores, o recorridos por el bosque y también por el río. Había meriendas, almuerzos al aire libre y cenas en el amplio y hermoso porche de la casa, rodeado por tres filas de flores exóticas cuyo perfume fresco inundaba la noche. Bajo la intensa luz de las velas, las mesas resplandecían, y nuestras damas, bellas ya de por sí, parecían aún más radiantes. Sus miradas chispeantes, sus conversaciones animadas y sus risas cristalinas, semejantes al tintineo de campanillas, añadían vida a cada velada.

No faltaban los bailes, la música y las canciones. Cuando el clima no acompañaba, nos entregábamos a cuadros vivos, charadas y otros juegos, o se organizaba un teatro improvisado en la casa. Además, acudían prosadores, narradores y expertos en anécdotas para mantener siempre vivo el interés. Entre la multitud, algunos rostros destacaban más que otros, reclamando la atención. Naturalmente, los chismes y cotilleos corrían como ríos, porque, seamos honestos, es imposible vivir sin ellos; muchos se morirían de aburrimiento, como las moscas en invierno. Pero yo, con mis once años, todavía era ajeno a esas intrigas. Mi atención se centraba sobre todo en otros detalles y, de haber notado esas tramas, ni siquiera las habría comprendido del todo.

Tiempo después, logré rescatar algo de aquel caleidoscopio de impresiones. Solo fragmentos brillantes del cuadro lograron filtrarse en mis ojos infantiles. Toda aquella euforia, el bullicio, el esplendor y las maravillas que jamás había presenciado ni oído antes, me abrumaron tanto que durante los primeros días viví en un constante estado de aturdimiento. Mi pequeña cabeza daba vueltas, tratando de procesar todo a la vez.

Repito: yo solo tenía once años por aquel entonces. Era un niño, y muchas de aquellas mujeres maravillosas que me acariciaban apenas reparaban en mi corta edad. Sin embargo, algo extraño e incomprensible comenzó a apoderarse de mí. Sentía una emoción desconocida, algo que tocaba mi corazón y lo hacía latir con un nerviosismo inusitado, como si estuviera asustado. Mi rostro se encendía de pronto sin previo aviso. Había momentos en los que sentía vergüenza, incluso irritación, por los privilegios que mi niñez me otorgaba. Otras veces, el asombro me dominaba, llevándome a buscar refugio en rincones apartados donde nadie pudiera verme, como si necesitara un momento para respirar y ordenar los pensamientos que se me escapaban como agua entre las manos.

A menudo tenía la sensación de guardar secretos que no revelaría por nada del mundo, pues la vergüenza de mi corta edad era un peso abrumador. En medio de aquel torbellino de emociones y actividades, me sentía solo. Había otros niños, sí, pero o eran demasiado pequeños o ya muy mayores para mí. Además, me resultaban totalmente indiferentes. Claro está que todo aquello no habría sucedido si no me hubiera encontrado en circunstancias tan excepcionales. A ojos de aquellas damas deslumbrantes, yo era apenas un juguete, un ser pequeño que despertaba su ternura y con quien se entretenían como si fuera un muñeco.

Había una en particular, una rubia encantadora con una melena tan espesa y hermosa que no podía dejar de llamar la atención por donde pasaba. Parecía haber decidido no dejarme en paz. Su insistencia incluso me llegaba a intimidar, y sus gestos extravagantes provocaban risas a nuestro alrededor, risas que a ella le divertían enormemente. Tenía la alegría desenfrenada de una colegiala entre amigas del pensionado. Su belleza era de esas que no dejan lugar a dudas. No se parecía a las rubias tímidas y delicadas que uno podría imaginar, esas pálidas como la pelusa y tiernas como ratoncitos. Ella era menuda y de formas redondeadas, con unas facciones delicadas y luminosas. En su rostro había algo que recordaba a un relámpago, toda ella vibraba de vida, enérgica y apasionada.

Sus grandes ojos azules brillaban con tal intensidad que parecía que lanzaban destellos, como diamantes en el agua. Jamás cambiaría yo esos chispeantes ojos por los negros más profundos de cualquier andaluza, por muy hermosos que fueran. Además, había en su risa y en sus movimientos una vivacidad contagiosa. Era, sin lugar a dudas, la más alegre de las bellezas, una mujer llena de vida y chispa, a pesar de llevar ya cinco años casada. Su risa fresca y ligera era como el brote de una rosa mañanera, aún cubierta de gotas de rocío, abierta al primer rayo de sol.

Recuerdo que, al segundo día de mi llegada, comenzaron a preparar un teatro casero. La sala estaba abarrotada, sin un solo rincón libre. Por alguna razón que desconozco, llegué tarde y me vi obligado a presenciar el espectáculo de pie. La representación, animada y cautivadora, me llevó a avanzar poco a poco hacia las primeras filas, y sin darme cuenta terminé apoyado en el respaldo de un asiento ocupado por una dama. Era mi rubia, aunque en ese momento aún no nos conocíamos.

Sin pretenderlo, mis ojos se posaron en sus hombros, maravillosamente torneados, blancos como espuma de mar, aunque, para ser sincero, en ese momento me habría dado igual admirar esos hombros que un sombrero con cintas encarnadas sobre la cabeza canosa de una dama respetable de la primera fila. Junto a la rubia, se encontraba una solterona, una de esas mujeres que, como descubrí más tarde, suelen rondar a las mujeres más jóvenes y hermosas, aquellas que no rechazan de plano la compañía de la juventud. Este detalle, aunque curioso, carece ahora mismo de importancia. Lo relevante es que aquella solterona reparó en mi mirada absorta y, entre risas, inclinó la cabeza hacia su vecina para susurrarle algo al oído.

De repente, la rubia se volvió hacia mí, y sus ojos, chispeantes como llamas en la penumbra, me quemaron con su intensidad. Me quedé totalmente paralizado, completamente desprevenido para un encuentro como aquel. La bella dama esbozó una sonrisa radiante para mí.

—¿Te está gustando la obra? —preguntó, mirándome con una mezcla de burla y malicia.

—Sí —logré responder, sin apartar mis ojos de los suyos, sorprendido por completo. Al parecer, esto la complació.

—¿Y por qué estás de pie? Vas a terminar muy cansado. ¿No tienes un lugar donde sentarte?

—Así es, es que no hay más sitio —respondí, desviando mi atención por un instante hacia la búsqueda de un asiento. En mi mente, incluso agradecí haber encontrado un corazón amable en el cual confiar—. Ya he buscado, pero todas las sillas están ocupadas —añadí, con un dejo de queja.

—Ven aquí —dijo ella de repente, con la decisión de quien toma una idea extravagante al vuelo—. Ven conmigo y siéntate en mis rodillas.

—¿En sus rodillas...? —repliqué, atónito.

Mis privilegios de niño comenzaban a resultarme francamente embarazosos, y mi timidez natural, especialmente frente a las señoras, no hacía más que agravar toda mi confusión.

—¡Claro que sí, en mis rodillas! ¿Por qué, no quieres? —insistió, riendo con más fuerza, hasta que finalmente estalló en una carcajada, ya fuera por su propia ocurrencia o porque mi desconcierto la divertía enormemente.

Sonrojado y desconcertado, miré a mi alrededor buscando algún rincón a donde pudiera escapar. Pero ella, rápida como el viento, me tomó de la mano con un gesto inesperadamente firme. Para mi asombro, estrujó mi mano entre sus cálidos y traviesos dedos con tal fuerza que sentí un dolor punzante, pero me mordí la lengua para no gritar, conteniendo las muecas que el sufrimiento me arrancaba. Aquella situación me llenó de incredulidad y desconcierto. ¿Cómo podían existir damas tan encantadoras y, al mismo tiempo, tan crueles, capaces de jugar así con un pobre muchacho como yo? Mi expresión debió reflejar todo mi desconcierto, porque la rubia se rió con más ganas, mientras seguía apretando mis dedos. Su entusiasmo por confundir y avergonzar a un niño parecía no tener límites. En ese momento, mi vergüenza alcanzó su punto más alto. Muchos de los presentes incluso se dieron la vuelta hacia nosotros, algunos sorprendidos y otros riendo al captar la travesura. Mientras tanto, yo luchaba en vano por liberar mi mano de su garra, hasta que, en un último estallido de desesperación, lancé un grito. Eso era lo que ella estaba esperando. Al instante, me soltó la mano y se volvió como si nada hubiera ocurrido, con la despreocupación de una colegiala que, tras cometer una travesura, finge dedicarse de lleno a su libro para despistar al profesor.

Afortunadamente, en ese preciso momento la atención de la sala se desvió hacia la magistral actuación del anfitrión, quien estaba representando el papel principal de la comedia. Aprovechando el estruendo de los aplausos, me escabullí hacia el fondo de la sala, refugiándose detrás de una columna. Desde allí, con el corazón todavía acelerado, miré hacia donde estaba sentada la traviesa dama. Se seguía riendo, tapándose la boca con un pañuelo. Por un rato, giró la cabeza de un lado a otro, buscándome entre la multitud, como si aún no hubiera terminado de planear su próxima jugarreta. Así fue como nos conocimos, y desde ese momento no me dejó en paz. Se convirtió en mi perseguidora, mi tormento y mi tirana. Lo más absurdo era que actuaba como si estuviera locamente enamorada de mí, colocándome en situaciones embarazosas frente a los demás. Para un chico salvaje como yo, aquello era una carga casi insoportable. Más de una vez estuve tentado a enfrentarla directamente, aunque sabía que mi furia infantil solo serviría para divertirla aún más.

Mi ingenua confusión y mi abatida desesperación parecían ser su combustible. Su risa resonaba sin descanso, alentando nuevas travesuras. Pero sus bromas pronto empezaron a cruzar el límite. Con una mezcla de indignación y resignación, solo podía preguntarme cómo alguien podía disfrutar tanto persiguiendo y atormentando a un niño como yo. Ella tenía un temperamento travieso por naturaleza, y así era su carácter. Más tarde supe que quien más la consentía era su propio marido, un hombre bajo, regordete y de piel sonrosada. Era un hombre adinerado y siempre atareado, al menos a simple vista: no podía estarse quieto ni dos horas seguidas. Todos los días salía de la finca en la que estábamos para viajar a Moscú, a veces incluso dos veces al día, siempre con algún pretexto relacionado con sus negocios. Su rostro honesto y cómico irradiaba alegría y bondad, y lo más curioso era que adoraba a su esposa con una devoción casi lastimosa, como si fuera una diosa.

Nunca le negaba nada. Ella, por su parte, tenía muchos amigos y amigas. Todo el mundo parecía quererla, y además no era precisamente muy selectiva al momento de elegir sus amistades. Sin embargo, había en su carácter otros aspectos mucho más profundos y serios de lo que podía parecer a primera vista. De todas sus amigas, la más cercana era una joven dama, una pariente lejana que también estaba invitada en la finca. Entre ambas había una unión delicada y especial, de esas que surgen cuando dos personalidades completamente distintas se encuentran. Una era más seria, profunda y segura de sí misma, mientras que la otra, humilde y noble, aceptaba su inferioridad con devoción, guardando su amistad como si fuera un tesoro.

Era una relación en la que se combinaban amor y respeto: por un lado, la condescendencia amorosa; por el otro, un afecto casi reverencial. La joven amiga, *Madame* M*, era de una belleza especial, distinta a cualquier otra. Había algo en su rostro que atraía de forma irresistible, despertando simpatía y nobleza en quienes la miraban. Sus grandes ojos se veían siempre tristes, llenos de pasión y fuerza, parecían inquietos, como si temieran algo invisible y hostil. Esa melancolía añadía un matiz casi espiritual a sus rasgos tranquilos y serenos, recordando a las *madonna* italianas. Su rostro, pálido y delgado, parecía esconder un eco de su infancia, un rastro de ingenua felicidad que se reflejaba en su sonrisa tímida y vacilante.

Era alta, esbelta y elegante, pero algo delgada. Sus movimientos tenían una mezcla de gracia y torpeza, a veces suaves y pausados, otras infantiles y rápidos. En sus gestos se percibía una resignación tímida y desvalida que nunca pedía ayuda, pero que despertaba una irresistible simpatía. Su actitud amable y atenta era especialmente visible cuando alguien necesitaba compasión. Había algo en ella que recordaba a las hermanas de la caridad, alguien en quien confiar sin reservas, porque sabías que te recibiría con un corazón lleno de paciencia, amor y perdón.

Por otro lado, yo me sentía constantemente intimidado por las insistentes y burlonas atenciones de mi rubia perseguidora. Pero había algo más, algo que me guardaba como un tesoro secreto. Estaba enamorado, aunque me pareciera absurdo reconocerlo. ¿Por qué entre todos los rostros que me rodeaban solo uno captaba mi atención? ¿Por qué me fascinaba observar a *Madame* M*? Era por las tardes, cuando el mal tiempo nos obligaba a permanecer en la casa, que yo, escondido en un rincón, la contemplaba en silencio. Me fascinaban su sonrisa, sus gestos, la cadencia apagada y plateada de su voz. Había algo en ella que despertaba en mí una curiosidad indescriptible, como si en su presencia hubiera un misterio esperando ser desvelado.

Lo que más me torturaba eran las burlas en presencia de *madame* M*. Cada vez que alguien hacía un comentario jocoso con respecto a mí y, peor aún, cuando ella, sin querer, se unía a las risas generales, yo me sentía completamente humillado. La vergüenza y el enojo me abrumaban tanto que solía escapar, subiendo al piso de arriba para aislarme un rato y pasar el resto del día en soledad. No entendía del todo por qué me afectaba tanto ni de dónde surgían mi inquietud y vergüenza. Apenas le había dirigido un par de palabras a *madame* M*, y, aunque quisiera, no me atrevía a hacerlo.

Una tarde, después de un día especialmente difícil, me quedé rezagado durante el paseo con los demás. Cansado, atravesaba el jardín de regreso a la casa cuando la vi sentada sola en un banco, en una alameda apartada. Tenía la cabeza inclinada y jugaba distraída con un pañuelo entre sus manos. Parecía tan absorta en sus pensamientos que no notó mi presencia hasta que estuve muy cerca. Al verme, se levantó rápidamente, dándome la espalda, y me di cuenta de que había estado llorando. Aunque intentó disimular, en sus ojos aún brillaban las lágrimas. Me sonrió suavemente y comenzamos a caminar juntos hacia la casa.

No recuerdo bien de qué hablamos, pero sí que ella se esforzaba por apartarme de su lado, pidiéndome cosas sin importancia: que recogiera una flor o que averiguara quién iba a caballo en la alameda contigua. Cada vez que me alejaba, volvía a secarse las lágrimas que no dejaban de brotar. Su tristeza parecía inagotable, y yo no tenía ni idea cómo reaccionar al respecto. Comprendí que mi compañía de cierta forma le incomodaba, pero no quería dejarla sola en ese estado. Sin embargo, mi propia torpeza me desesperaba. Me maldecía por no encontrar las palabras adecuadas para consolarla y seguía caminando a su lado, triste y confuso, atrapado en una conversación que parecía tan absurda como mi incapacidad para comprender su dolor.

Ese encuentro me impresionó profundamente. Pasé el resto de la tarde observándola a hurtadillas. No podía apartar los ojos de ella, aunque sabía que eso era un error. En un par de ocasiones me sorprendió mirándola, y, en la segunda, me dedicó una breve sonrisa. Fue la única que me dirigió en todo el día. Pero su semblante permanecía sombrío, más pálido que de costumbre. Se la veía abatida mientras conversaba en voz baja con una mujer mayor, conocida por su mal genio y sus constantes chismes. Nadie simpatizaba con esa señora, pero todos se sentían obligados a tratarla con cortesía por temor a su mala lengua.

Cerca de las diez de la noche llegó el marido de *madame* M*. Hasta ese momento yo había seguido observándola sin descanso, incapaz de desviar mi atención de su rostro entristecido. Pero cuando él apareció, *madame* M* se estremeció. Su rostro, ya pálido, perdió aún más color. Su reacción fue tan evidente que otros también se dieron cuenta, y no tardé en captar fragmentos de una conversación que insinuaba que su vida conyugal no era para nada feliz. Se decía que su marido era terriblemente celoso, no por amor hacia ella, sino por puro ego.

Él era un hombre alto, robusto, con una apariencia impecable y unos modales refinados, pero su vanidad y orgullo eran innegables. Aunque se lo consideraba inteligente, esa "inteligencia" parecía más una excusa para justificar su arrogancia. Era de esos hombres que no hacen nada productivo, pero que siempre culpan a "circunstancias adversas" por no alcanzar su supuesto potencial. Creen que el mundo les debe algo y que están por encima de todos. Hablan con frases grandilocuentes, llenas de un vacío agotador, y su exagerado orgullo les impide reconocer defectos o aceptar críticas.

Estos hombres, con su aire de falsa superioridad, ven a los demás como herramientas o fuentes de beneficio. Su ego es su único dios, y han llegado a convencerse de que sus bribonadas son una forma legítima de vida. Rechazan cualquier atisbo de autocrítica porque eso requeriría más profundidad y honestidad de la que poseen. Para ellos, su ego es el centro del universo, y todo lo demás existe únicamente para alimentarlo. La naturaleza y el mundo entero no son para ellos más que un espejo encantador, diseñado únicamente para que ese pequeño dios pueda contemplarse en él sin interrupciones, sin notar nada ni a nadie detrás suyo. Así, no resulta sorprendente que interpreten todo en esta vida de forma tan distorsionada. Tienen siempre la frase precisa para cada circunstancia, y, aun así, el pináculo de su habilidad radica en apropiarse de las expresiones más modernas. Contribuyen incluso a imponer modas, propagando con entusiasmo aquellas ideas que intuyen serán bien recibidas. Para ser exactos, poseen un instinto infalible para apropiarse de frases innovadoras antes de que otros lo hagan, consiguiendo que parezcan de su autoría.

Particularmente, se aferran a frases que aparentan expresar una profunda simpatía por la humanidad y una filantropía racionalmente justificada, mientras atacan sin piedad el romanticismo, que con frecuencia encierra lo bello y elevado. En ese terreno, incluso un simple átomo posee más valor que toda la naturaleza molusca que ellos representan. Sus mentes toscas no pueden reconocer la verdad en formas inmaduras o transitorias, y desprecian todo aquello que aún no ha cristalizado o ganado solidez.

Un hombre cebado, acostumbrado a disfrutar de bienes que no sabe producir ni comprende cuánto esfuerzo requieren, vive convencido de que cualquier roce con su sensibilidad es una ofensa imperdonable. Jamás olvidará un desaire y no dudará en vengarse con gusto. En resumen, mi héroe aquí descrito no es más que un saco hinchado de sentencias, frases modernas y etiquetas de todas clases y colores.

Sin embargo, *monsieur* M* poseía un rasgo un tanto

distintivo: era un hombre curioso, ocurrente y muy buen conversador. En los salones solía congregar a un grupo de oyentes cautivados por sus historias. Aquella noche, en particular, se mostró especialmente ingenioso. Dominó la conversación con su humor, alegría y una confianza en sí mismo que atrapaba toda la atención a su alrededor. Mientras tanto, *madame* M* lucía visiblemente indispuesta. Su expresión, marcada por una tristeza que parecía a punto de transformarse en lágrimas, me dejó profundamente impresionado. Al retirarme esa noche, llevaba conmigo una sensación extraña y curiosa que no pude sacudirme, soñando con *monsieur* M* durante toda la noche, a pesar de que raramente tenía pesadillas.

A la mañana siguiente, me convocaron temprano para ensayar los cuadros vivos, donde también yo tenía un papel asignado. Los cuadros, seguidos de una obra de teatro y un baile, se presentarían cinco días después en una fiesta familiar organizada para celebrar el nacimiento de la hija menor de nuestros anfitriones. El ensayo, más bien una revisión de vestuario, se adelantó debido a las prisas del director, el pintor R*, quien debía partir a la ciudad para terminar de arreglar sus preparativos. Yo tenía un rol en un cuadro que representaba la vida medieval, junto a *madame* M*. Se titulaba *La señora del castillo y su paje.*

Durante el ensayo, estar junto a *madame* M* me turbó profundamente. Tenía la sensación de que, con solo mirarme, podía leer mis pensamientos y percibir las dudas que me atormentaban desde el día anterior. Me sentía culpable por haberla visto llorar y temía que mi presencia fuera una intrusión en su dolor. Sin embargo, para mi alivio, parecía demasiado absorta en sus preocupaciones como para notar en absoluto mi estado.

Cuando terminé mi papel, me apresuré a cambiarme y

salí a la terraza del jardín. Justo entonces, *madame* M* apareció por otra puerta, mientras su marido regresaba relajadamente del jardín. Al verlo, *madame* M* se sonrojó y un gesto de disgusto cruzó fugazmente su rostro. *Monsieur* M*, silbando despreocupadamente y atusándose las patillas, se detuvo frente a ella con una mirada inquisitiva.

—¿Vas al jardín? —preguntó, observando el libro que llevaba en las manos.

—No, voy al bosque —respondió ella, sonrojándose levemente.

—¿Vas sola?

—Voy con él... —dijo *madame* M*, señalándome—. Por la mañana me gusta pasear sola —añadió con un tono vacilante, como quien miente por primera vez.

—Hum... Yo acabo de acompañar a un grupo. Están en el cenador despidiendo a N*, que se marcha. Parece que ocurrió algo en Odesa... Su prima —continuó refiriéndose a una mujer rubia— tan pronto se echa a reír como a llorar, pero no hay forma de entenderla. Según ella, estás enfadada con N* y por eso no fuiste a despedirlo. Supongo que todo esto no es más que un disparate.

—Esa es su forma de burlarse de mí —replicó *madame* M* mientras descendía las escaleras de la terraza.

—¿Así que este es tu *cavalier servant* diario? —dijo *monsieur* M* con una mueca, apuntándome con su monóculo.

—¡Un paje! —exclamé, enojado por la burla, mientras saltaba los escalones de la terraza de un golpe.

—¡Pues que lo pasen bien! —murmuró *monsieur* M*, antes de continuar su camino.

Inmediatamente me acerqué a *madame* M* en cuanto su marido señaló hacia mí. La miré como si nuestra complicidad en paseos matutinos fuera algo establecido desde hacía semanas. Sin embargo, no lograba entender por qué se había turbado tanto ni qué pensamientos la habían llevado a recurrir a aquella pequeña mentira. ¿Por qué no había dicho simplemente que caminaba sola? Ahora, frente a ella, no sabía cómo comportarme. Confundido por su actitud, le observaba de reojo, como queriendo resolver un enigma, pero igual que en el ensayo unas horas antes, parecía completamente ajena a mis miradas y a las preguntas que callaban en mi interior.

Estaba evidentemente inquieta. Sus preocupaciones se reflejaban con mayor intensidad en su rostro y en sus pasos, cada vez más rápidos, como si estuviera apresurada por llegar a algún destino. Sus ojos recorrían nerviosamente los paseos de la alameda, y al llegar a cada claro del bosque, giraba ligeramente el cuerpo hacia algún punto del jardín. Yo mismo esperaba algo, aunque no sabía bien qué.

De pronto, detrás de nosotros, resonaron los cascos de varios caballos. Era un grupo de jinetes y amazonas que despedían a N*, quien, de forma inesperada, se marchaba esa misma mañana. Entre las damas cabalgaba, con su característico entusiasmo infantil, la rubia a la que *monsieur* M* había mencionado. Reía como una niña mientras avanzaba a toda velocidad sobre su caballo bayo. Al pasar junto a nosotros, N* se quitó el sombrero en señal de saludo, pero no se detuvo ni dirigió palabra alguna a *madame* M*.

Cuando el tropel desapareció, volví mi mirada hacia *madame* M* y sentí un sobresalto: su rostro estaba pálido, y lágrimas enormes llenaban de nuevo sus ojos. Nuestras miradas se cruzaron por un instante, lo que pareció intensificar su sonrojo. Se dio vuelta rápidamente, pero el pesar y la inquietud eran evidentes en su expresión. Era claro que mi presencia resultaba aún más incómoda que el día anterior, y yo no sabía dónde meterme.

De repente, *madame* M* abrió el libro que llevaba consigo, y con un leve rubor, como si evitara mirarme directamente, exclamó:

—¡Ah! ¡Pero si es el segundo tomo! ¡Me he equivocado! Por favor, ¿puedes traerme el primero?

¿Cómo no entender su intención? Mi papel había concluido, y no me lo había podido decir o despedirme de una manera más clara. Tomé el libro y salí corriendo, sin regresar. El primer tomo quedó olvidado sobre una mesa hasta el amanecer.

Aquel día yo ya no era el mismo. Mi corazón latía desbocado, como si un miedo indefinido me acechara constantemente. Hacía todo lo posible por evitar cualquier encuentro con *madame* M*, mientras observaba con extraña fascinación la personalidad autosatisfecha de *monsieur* M*. Había algo en él que ahora parecía distinto, aunque no lograba precisar qué era.

Durante el almuerzo, que tuvo lugar más temprano de lo habitual, se habló de una excursión a la aldea vecina, donde se celebraría una fiesta rústica. Llevaba días esperando esa excursión con gran ilusión. Por la tarde, nos reunimos para tomar café en la terraza. Aunque deseaba con avidez observarlo todo, procuré mantenerme oculto, refugiado tras la tercera fila de asientos. Mi curiosidad me devoraba, pero temía que *madame* M* pudiera descubrirme.

El destino, sin embargo, me colocó cerca de la rubia a la que ya me había acostumbrado a llamar "mi perseguidora". En aquella ocasión, estaba más radiante que nunca, transformada de una manera casi mágica, como suele ocurrir inexplicablemente con las mujeres. Además, había llegado un nuevo huésped: un joven alto, de rostro pálido, recién llegado de Moscú, cuyo interés por la rubia era evidente. Al parecer, había venido a sustituir al propio N*, de quien se rumoreaba que estaba locamente enamorado de ella.

La rubia, consciente del entusiasmo que provocaba, disfrutó aquel día de un éxito absoluto. Con una gracia despreocupada, combinaba comentarios ingeniosos con indiscreciones tan inocentes como encantadoras. Un círculo de admiradores se formó a su alrededor, cautivados por su carisma. Sus palabras parecían obras maestras: ingeniosas, espontáneas, memorables. Era como si, por un día, se hubiera transformado en alguien más brillante, más atractivo, más irrepetible.

Pero su éxito no solo se debía a su ingenio. También contribuía la situación especial que se había creado en torno al marido de *madame* M*. La rubia había decidido, con el apoyo tácito de los presentes, ridiculizarlo con agudas burlas y sarcasmos. Su ataque era realmente impecable: cada ocurrencia daba justo en el blanco, dejando al pobre *monsieur* M* sin defensa. A pesar de sus esfuerzos por mantener la compostura, sus intentos de respuesta resultaban inútiles y lo único que hacían era alimentar la risa de los espectadores. El duelo, que había comenzado de forma casi casual e inocente durante el almuerzo, se volvió cada vez más encarnizado. *Monsieur* M* intentaba recurrir a su ingenio para salvar su dignidad, pero era evidente que la batalla no estaba a su favor. Las risas incontrolables de quienes observaban el espectáculo acentuaban aún más su derrota. *Madame* M*, por su parte, intentó en varias ocasiones intervenir, quizás para protegerlo o para evitar que el espectáculo se terminara desbordando. Pero su amiga era implacable. Todo parecía parte de una farsa que estaba siendo cuidadosamente orquestada, en la que *monsieur* M* se convertía en el centro de la burla, y yo, de alguna manera, también terminé desempeñando un papel en aquel extraño teatro.

Todo ocurrió de repente, de una manera tan imprevisible y cómica que parecería sacada de un guion. Como si el destino hubiese planeado una broma, justo en ese momento yo estaba a plena vista de todos, desprevenido y sin ningún tipo de malicia, incluso olvidando las precauciones que había tomado poco antes. De pronto, me vi empujado al centro de atención como si fuera un enemigo acérrimo, un rival declarado de *monsieur* M*, alguien que estaba perdidamente enamorado de su esposa. Esto lo afirmó mi implacable acusadora, jurándolo con solemnidad y asegurando tener pruebas, e incluso añadiendo como ejemplo que hoy mismo me había visto en el bosque con ella.

Pero no le dio ni siquiera tiempo a terminar su acusación porque la interrumpí en el instante que era el más crítico para mí. Aquel momento estaba tan estratégicamente calculado, tan insidiosamente planeado para derivar en un desenlace cómico, que la respuesta fue una explosión de risas incontenibles por parte de todos. Aunque ya me había dado cuenta de que no me correspondía el papel más absurdo en esta escena, no pude evitar sentirme humillado por completo, lleno de rabia y pánico. Con lágrimas en los ojos y consumido por la vergüenza y el desconcierto, me abrí paso entre dos filas de asientos hasta quedar frente a mi acusadora. Con la voz temblorosa por el llanto y la indignación, exclamé:

—¡No le da nada de vergüenza... decir una cosa tan falsa... así, en voz alta... y delante de todas estas personas? ¡Usted se comporta como una niña... frente a todos los caballeros! ¿Qué van a pensar de usted?... ¡Es una mujer adulta... y está casada!

No había terminado de hablar cuando un estruendoso aplauso inundó la sala. Mi reacción provocó un revuelo totalmente inusitado en los presentes. Mi inocente defensa, mis lágrimas y, sobre todo, la aparente intención de proteger a *monsieur* M*, despertaron tal hilaridad que incluso ahora, al recordarlo, no puedo evitar reírme yo mismo a carcajadas. Quedé completamente paralizado, sin saber qué hacer, y, sintiendo cómo se me encendían las mejillas de vergüenza, me cubrí el rostro con las manos. Salí corriendo de allí, empujé la bandeja de un criado que estaba aguardando en la puerta y subí directo a mi habitación. Arranqué la llave de la cerradura y me encerré por dentro, sabiendo que era lo mejor que podía hacer, ya que una procesión de personas venía corriendo detrás de mí, siguiéndome.

En menos de un minuto, una multitud de las damas más encantadoras estaba allí, rodeando mi puerta. Escuchaba sus risas, sus charlas en voz alta y sus voces agudas profiriendo mi nombre. Parecían golondrinas piando al unísono, todas rogándome que abriera la puerta, jurándome que no me harían ningún daño, que solo querían llenarme la cara de besos. Pero... ¿qué podía ser más aterrador para mí que esa nueva amenaza? Me escondí detrás la puerta, mi rostro enterrado en la almohada y seguía ardiendo de vergüenza. No abrí ni les respondí nada. Ellas golpearon la puerta durante largo rato, suplicándome, pero yo permanecí insensible y sordo, como solo puede serlo un niño de once años.

¿Qué otra cosa podía hacer? Todo lo que había tratado de ocultar con tanto cuidado había sido expuesto, sacado a la luz de esa forma. Sentía que estaba condenado a una humillación eterna. Aunque, para ser sincero, ni siquiera yo sabía con certeza qué era aquello que tanto miedo me daba revelar. Sin embargo, ese algo me aterrorizaba y su posible descubrimiento me hacía temblar como una hoja empujada por el viento. No sabía si se trataba de algo noble o vergonzoso, digno de admiración o de simple burla. En mi tristeza, comprendí que al final todo era ridículo y humillante. Instintivamente sentí que ese juicio era cruel, injusto y burdo. Pero me sentía derrotado, anulado. Mi mente dejó de razonar y se quedó enredada y circulando en su propia confusión. No tenía fuerzas para enfrentar la situación ni para juzgarla con claridad: me sentía completamente aturdido.

Solo era consciente de que mi corazón había sido herido de forma inhumana y humillante, y no podía dejar de llorar. Estaba lleno de rabia y frustración, sentimientos que hasta entonces yo no conocía. Por primera vez en mi vida, había experimentado una desgracia real, una ofensa profunda, un dolor verdadero. Sin exagerar, todo aquello era cierto. Habían profanado torpemente el primer y delicado sentimiento que surgía en mí, habían ridiculizado ese primer pudor virginal y hasta la que podría haber sido mi primera sensación estética seria. Por supuesto, los que se reían de mí ignoraban muchas cosas y no imaginaban la magnitud de mi sufrimiento. Parte de ese sufrimiento era una emoción profunda y oculta que ni yo mismo había tenido el valor de analizar y, por lo tanto, al ser tan nuevo y desconocido, me aterrorizaba.

Tumbado en la cama, con la cara enterrada en la almohada, iba alternando entre el calor y los escalofríos. Dos preguntas me atormentaban: ¿qué había visto aquella rubia entrometida en el bosque entre *madame* M* y yo? ¿Cómo podría volver a mirar a *madame* M* sin morir de vergüenza en ese mismo instante?

Un ruido inusual en el patio interrumpió mi agonía. Me levanté y me acerqué a la ventana. El patio estaba lleno de carruajes, caballos y sirvientes que iban y venían de un lado para otro. Parecía que todos se estaban alistando para marcharse. Algunos jinetes ya estaban listos sobre sus caballos, mientras otros continuaban acomodando a los invitados en los coches. Entonces recordé la excursión que habíamos planeado y me empecé a preocupar. Busqué con la vista a mi caballo, pero no estaba. Me habían olvidado. No pude soportarlo ni un minuto más así que salí de mi habitación y bajé las escaleras corriendo, sin pensar en la humillación reciente.

La noticia fue desalentadora: no había ni un caballo ni un lugar en los coches para mí. Todo estaba ya ocupado. Mi lugar había sido cedido a otros. Con el ánimo destrozado, me quedé en el porche, observando con tristeza la larga fila de carruajes y caballos que yacían impacientes. A lo lejos, una amazona elegantemente vestida sujetaba las riendas de su corcel. Un jinete, que aún no estaba listo, se retrasaba por alguna razón. Su caballo, indómito y temible, estaba junto a la entrada. Dos mozos lo sujetaban con cuidado, evitando acercarse demasiado al inquieto animal que parecía desafiar a quien osara montarlo.

La verdad es que algunos contratiempos me impedían unirme a la excursión. No solo habían llegado nuevos invitados y se habían repartido ya todos los asientos y caballos disponibles, sino que dos de estos últimos estaban indispuestos, y uno de ellos era precisamente el mío. Pero yo no era el único destinado a sufrir por estas circunstancias. El nuevo invitado, aquel joven de piel pálida que mencioné anteriormente, tampoco contaba con un caballo. Para suavizar el incidente, nuestro anfitrión no tuvo más remedio que ofrecerle su potro salvaje, que permanecía aún sin domar, excusándose de antemano al aclarar que era imposible montarlo y que, debido a su naturaleza indomable, había estado intentando venderlo sin ningún éxito.

El joven, después de ser advertido, aseguró que sabía montar perfectamente y que, con tal de no quedarse fuera de la excursión, aceptaba cabalgar cualquier corcel. El anfitrión, entonces, guardó silencio, pero no pude evitar notar una sonrisa ambigua asomándose en sus labios. Mientras tanto, el grupo esperaba al jinete osado que había presumido de su habilidad. El anfitrión se frotaba las manos, nervioso y expectante, lanzando miradas constantes hacia la puerta. Parecía que algunos pensamientos similares cruzaban por la mente de los dos mozos de cuadra que sujetaban al inquieto potro y que, orgullosos, se mantenían atentos al animal que, en cualquier momento, podría lanzar una coz mortal. En sus rostros también se adivinaba una sonrisa parecida a la del dueño, mientras sus ojos observaban con expectación la entrada por donde debía aparecer el valiente caballero.

El propio potro, como si compartiera un acuerdo tácito con su dueño y los mozos, se comportaba con bastante arrogancia. Lucía imponente, orgulloso de la atención que atraía, como si entendiera que decenas de miradas curiosas lo estaban contemplando. Parecía incluso disfrutar de su temida reputación, igual que un juerguista empedernido se vanagloria de sus travesuras. Todo en él parecía desafiar al intrépido jinete que pretendía arrebatarle su libertad.

Finalmente, el valiente apareció. Mientras se ajustaba con rapidez los guantes, se disculpó por la espera y avanzó sin mirar a los lados, bajando con decisión las escaleras del porche. Solo al acercarse al caballo alzó la vista, y su desconcierto fue evidente cuando el potro dio un inesperado brinco, provocando un grito de alarma entre los espectadores. El joven retrocedió un paso, observando con asombro al indómito animal, que resoplaba furioso, temblaba como una hoja y movía sus ojos inyectados en sangre mientras intentaba liberarse de los dos mozos que sujetaban sus riendas con dificultad. Durante un minuto, el chico permaneció desorientado. Luego, recuperándose ligeramente y con el rostro algo sonrojado, miró a su alrededor, centrando su atención en las damas que a su vez lo observaban, entre alarmadas y fascinadas al mismo tiempo.

—¡Es un caballo magnífico! —murmuró, como hablando para sí mismo—. Y, viendo cómo es, debe ser toda una experiencia montarlo, pero... ¿saben una cosa? Creo que no iré a la excursión —concluyó, dirigiéndose al anfitrión con una amplia y tranquila sonrisa que encajaba perfectamente con su rostro amable e inteligente.

—Aun así, le considero un jinete excepcional, se lo aseguro —respondió el anfitrión con tono satisfecho, estrechando con fuerza y probablemente agradecido la mano del joven—. Desde el primer momento usted supo comprender el tipo de criatura que tenía en frente —añadió con dignidad—. ¿Y sabe qué? Después de veintitrés años de servicio como húsar, he tenido el infortunio de caer tres veces consecutivas todas las veces que intenté montar a este... parásito. Tankred, amigo mío, tú nos superas a todos. Debe de ser que tu jinete ideal es algún héroe de fábula esperando su momento en alguna aldea remota. ¡Muchachos, sáquenlo de aquí! Ya hemos tenido suficiente espectáculo. ¡A la cuadra con él! —concluyó, frotándose las manos, visiblemente complacido.

Cabe mencionar que Tankred no le generaba al dueño más que gastos, siendo un comensal inútil que vivía a expensas del establo. No obstante, el viejo húsar no dejaba de asombrarse de cómo su potro seguía preservando su dignidad, rechazando a cualquier jinete y acumulando, a su manera, nuevos e inútiles laureles.

—¿De verdad usted no va a venir? —intervino la joven rubia, que parecía necesitar la compañía del caballero a toda costa.

—Así es, como puede ver —respondió él con naturalidad.

—¿Y me lo dice en serio?

—¿Acaso quiere que arriesgue mi cuello?

—En ese caso, usted puede montar mi caballo. No se

preocupe, es bastante dócil. Enseguida cambiarán las sillas, y yo intentaré montar el suyo. No puede ser que Tankred se comporte siempre de esta forma tan incivilizada.

Sin dudarlo, la joven descendió de su caballo y, con su característico brío, se plantó frente al resto del grupo cuando terminó de hablar.

—Usted no conoce del todo bien a Tankred si cree que se dejará montar con esa inútil silla. Además, no voy a permitir que usted termine con el cuello partido, porque, sinceramente, sería toda una lástima —dijo el anfitrión, entre risas, adoptando un tono de galantería que parecía parte de su repertorio habitual para agradar a las damas.

Entonces la rubia, notando que yo estaba cerca, no dejó escapar la oportunidad de lanzarme una pulla.

—Y tú, llorón, ¿no decías antes que tenías un montón de ganas de unirte a la excursión? ¿Qué pasa, no te atreves ahora? —dijo la audaz amazona mientras me señalaba haciendo un gesto burlón hacia Tankred.

Su única intención era no marcharse sin haber obtenido algo en recompensa por haberse bajado del caballo y como si estar cerca de ella hubiese sido mi error.

—Probablemente, ¿no serás tú como…? Bueno, mejor no digo nombres de héroes famosos para que no te dé más vergüenza el hecho de acobardarte, y sobre todo cuando todo el mundo te está observando, ¡oh, maravilloso paje! —añadió mientras lanzaba una mirada fugaz a *madame* M*, ya que su coche estaba más cerca del porche que el de los demás.

El odio y la determinación se encendieron en mi interior al escucharla, cuando se acercó a nosotros con la intención de montar a Tankred. Aun así, no puedo explicar lo que realmente sentí ante aquella pulla de niña. Y de pronto, una idea me pasó por la cabeza. Fue como si toda mi indignación se concentrara en un solo instante, como si explotara la pólvora o se sobrepasara una marca de medición. Me sentí de pronto tan rabioso e indignado que vino a mí la necesidad imperiosa de vencer a todos mis enemigos para vengarme, finalmente, de ellos por todas las humillaciones que me habían causado y demostrarles qué clase de hombre era. O también puede ser que por aquel entonces alguien me hubiese explicado o mostrado algo de la historia medieval, de la que no sabía absolutamente nada hasta ese instante, y acudieron a mi cabeza todas esas fantasías de torneos, paladines, maravillosas damas, héroes y el honor de los ganadores. Escuché entonces las trompetas de los pregoneros, el sonido de las espadas, los gritos y aplausos de la multitud y entre todos esos gritos, lograba escuchar uno sobre todos los demás, más tímido, el de un corazón asustado que acariciaba el alma orgullosa y que me parecía más dulce que la victoria y la gloria misma. Todavía no sé a ciencia cierta si toda esta situación me pasó por la cabeza, un delirio de mi imaginación, o era simplemente el presentimiento de lo que estaba por venir a raíz del inevitable absurdo. Me vi a mí mismo saltando del porche, con el corazón exaltado y un pensamiento claro: había llegado mi momento. Sin entender del todo lo que hacía, guiado más por impulso que otra cosa, me planté decidido junto a Tankred.

—¿Y usted qué se cree? ¿Piensa que me da miedo? —exclamé yo de una forma totalmente descarada y vanidosa, inconsciente de lo que estaba haciendo y tan sofocado de excitación y sonrojo que sentía cómo las lágrimas me quemaban las mejillas—. ¡Pues ya verá!

Y mientras me aferraba a las crines de Tankred, puse mi pie en el estribo antes de que a nadie le diera tiempo de hacer el más mínimo esfuerzo para evitar lo que hacía. En ese instante, Tankred dio un respingo, levantó la cabeza y de un salto brusco quedó libre de las manos de los mozos de cuadra que lo sujetaban; libre como el viento se puso a correr frente a las exclamaciones y gritos de la gente. Solo Dios sabe cómo pude levantar la otra pierna en medio de la carrera; tampoco logro entender todavía cómo logré mantener las cuerdas. Tankred salió corriendo conmigo, atravesó los portones de rejas, giró bruscamente a la derecha y se dirigió sin detenerse a lo largo del enrejado sin saber dónde estaba yendo. Solo en aquel momento pude escuchar detrás de mí las voces de unas cincuenta personas que gritaban, y esas exclamaciones resonaron en mi estremecido corazón con un sentimiento de satisfacción y orgullo que jamás olvidaré de aquel loco instante de mi infancia. Toda la sangre se me subió a la cabeza, me dejó sordo y se esparció ahogando mi miedo. Ni siquiera me reconocía a mí mismo. Y realmente, según lo voy recordando ahora, había en todo eso algo de caballeresco. Por otro lado, todas mis andanzas caballerescas comenzaron y finalizaron en menos de un instante, pues de lo contrario este caballero lo habría pasado bastante mal. No sé cómo pude salir sano y salvo de aquel trance. Sabía montar a caballo: me lo habían enseñado desde pequeño. Pero mi caballo se parecía más a una oveja que a un caballo de verdad. Claro que podía haber salido disparado y caerme de Tankred, aunque solo si le hubiera dado la oportunidad; al dar unos cincuenta pasos, de pronto se asustó ante una piedra de considerable tamaño que había en medio del camino y dio otro respingo, echándose hacia atrás. Giró según galopaba, aunque lo hizo de forma tan brusca que hasta el día de hoy me sigo preguntando cómo es posible que no saliera volando de la silla como una pelota lanzada a tres metros de distancia, que no me matara y que Tankred no se partiera las patas al girar con tanta agresividad.

Con la misma energía, Tankred se volvió hacia los portones, sacudiendo la cabeza frenéticamente mientras saltaba de un lado a otro. Se puso de manos, tratando con cada brinco de librarse de mí, como si un depredador lo estuviera atacando. Ya estaba al borde de caer cuando un grupo de jinetes llegó en mi auxilio. Dos de ellos cerraron el paso al caballo, mientras otros dos se acercaron tanto que estuvieron a punto de aplastarme las piernas. Entre todos lograron rodear a Tankred, sujetarlo y llevarlo de vuelta al porche.

Me ayudaron a bajar, completamente pálido, con el pecho agitado y temblando como una hoja en el viento. Tankred, igualmente agotado, permanecía inmóvil, los cascos firmes en el suelo, con su aliento saliendo en jadeos humeantes. Temblaba nervioso, como petrificado por una mezcla de rabia y humillación ante el atrevimiento de un niño. Alrededor, las exclamaciones de sorpresa y miedo seguían resonando.

Entonces, mis ojos se cruzaron con los de *madame* M*, quien, alarmada y pálida, me observaba desde su lugar. No puedo olvidar aquel momento. Mi rostro se encendió de inmediato en un rubor que me quemaba de vergüenza. Sin saber qué hacer, bajé la mirada, pero aquella expresión no pasó desapercibida. Todos notaron mi reacción y, con ella, la atención se dirigió hacia *madame* M*, quien, atrapada por el escrutinio general, se sonrojó con una expresión tan inocente como inesperada. Intentó ocultarlo con una sonrisa, aunque su torpeza no hizo más que acentuar la escena.

Y entonces ocurrió lo más inesperado. La causante de todo aquel alboroto, mi enemiga declarada, la "maravillosa tirana" que me había retado, se lanzó hacia mí. De repente, me abrazó y me llenó de besos. La misma que se burlaba de mí no podía creer que hubiera aceptado su desafío, mucho menos que hubiera logrado enfrentarlo. Su rostro reflejaba una mezcla de susto y remordimiento al verme montado en

Tankred, y ahora, al notar mi turbación al cruzar miradas con *madame* M*, parecía haber encontrado una nueva idea romántica que embellecía todo lo sucedido. Entusiasmada, emocionada y orgullosa de mí, me apretó contra su pecho, como si hubiera sido testigo de un acto heroico.

Con lágrimas brillantes en sus ojos, se dio la vuelta hacia las personas presentes y, con una seriedad sorprendente, exclamó en francés:

—*Mais c'est très sérieux, messieurs, ne riez pas!*

No parecía notar que todos estaban completamente hechizados por su repentina efusión. Cada uno de sus gestos, su seriedad inusual, su ingenuidad, y esas lágrimas inesperadas, cautivaron a quienes la rodeaban. Incluso nuestro anfitrión, colorado como un tulipán, confesó más tarde que, por un breve momento, había quedado prendado de su magnética presencia. Sin embargo, a pesar de todo lo ocurrido, el héroe indiscutible de aquel día era yo. Entre exclamaciones y aplausos, se oyó al anfitrión proclamar:

—¡Viva la nueva generación!

—¡Tiene que venir con nosotros a la excursión! ¡No puede faltar! —exclamó la joven, radiante—. Tenemos que hacer un hueco para que nos acompañe. ¡Puede ir sentado en mis rodillas!… ¡Oh, no, no! ¡Qué tontería acabo de decir! —corrigió de inmediato, estallando en risas al recordar el día en que nos conocimos. Pero mientras reía, acariciaba suavemente mi mano, intentando apaciguarme para que no me sintiera ofendido.

—¡Claro que sí, claro que sí! —corearon varias voces—. ¡Tiene que venir, hay que hacerle espacio! —Y, en cuestión de minutos, todo quedó resuelto.

La solterona que me había presentado a la rubia fue objeto de ruegos por parte de los jóvenes para que me cediera su lugar y se quedara más cómoda en casa. A pesar de su evidente descontento, no tuvo más remedio que aceptar con una sonrisa tensa, aunque su mal humor era palpable. La misma protectora, que en otro momento había sido mi enemiga y ahora era mi aliada, le gritó desde su veloz caballo, riendo como una niña:

—¡Te envidio! Me habría encantado quedarme contigo, sobre todo porque en cualquier momento empezará a llover y todos nos vamos a empapar.

Y, como si fuera un augurio, la lluvia no tardó en llegar. Al cabo de una hora, un aguacero nos sorprendió a mitad de camino y tuvimos que detener el paseo. Nos refugiamos en las casas de unos campesinos durante varias horas y no pudimos regresar hasta cerca de las diez, bajo un cielo que todavía seguía húmedo después de semejante tormenta. Yo me puse a tiritar de frío. Fue entonces, justo cuando nos preparábamos para montar los caballos de nuevo, cuando *madame* M* se acercó, sorprendida al verme tan desabrigado.

—Pero, ¿cómo es que no llevas nada que te abrigue? —me preguntó con genuina preocupación.

Le expliqué que no había tenido tiempo de coger mi gabardina. Sin decir nada más, sacó un imperdible, subió los cuellos de mi chaqueta y me ató alrededor del cuello un pañuelo de seda que ella llevaba puesto para proteger mi garganta del frío. Lo hizo tan rápido que ni siquiera pude darle las gracias.

Cuando estábamos volviendo a casa, la busqué en el pequeño salón, donde estaba con la rubia y un joven de rostro pálido, el mismo que aquel día había preferido no montar a Tankred, dejando en entredicho su fama de buen jinete. Me acerqué para agradecerle y devolverle el pañuelo, pero en ese momento, después de tantas emociones que había vivido, me sentía extraño, casi incómodo. Lo único que quería era subir a mi habitación y reflexionar sobre todo lo que había ocurrido. Al entregarle el pañuelo, como era de esperar, me sonrojé profundamente.

—Apuesto a que le encantaría quedarse con el pañuelo —comentó el joven, sonriendo con picardía—. Sus ojos dicen la verdad: que le da pena devolverlo.

—¡Eso mismo! ¡Ya ves! —añadió la rubia con un tono entre burlón y quejoso—. ¡Es increíble cómo eres! —Pero su burla quedó interrumpida cuando se detuvo al notar la seria mirada de *madame* M*, quien no se encontraba de humor para bromas.

Me fui lo más rápido que pude, pero la colegiala me siguió hasta una habitación contigua y, sujetándome las manos, dijo:

—¡De verdad, qué manera de ser! Si querías quedarte con el pañuelo, podrías haber dicho que lo habías perdido en algún sitio y ya está. Pero claro, no te atreviste. ¡Eres tan gracioso!

Y, riendo, me dio un leve toque en la barbilla al notar que estaba rojo como una amapola.

—Pero ahora tú y yo somos amigos, ¿verdad? Nuestra rivalidad ya se acabó, ¿no es cierto?

No respondí con palabras, pero le estreché los dedos y sonreí.

—¡Ay, pero estás pálido y temblando! ¿Es que tienes frío?

—Sí, no me siento muy bien.

—¡Pobrecillo! Seguramente te sientes así por todo lo que has vivido hoy. Mira, lo mejor será que te acuestes temprano y no te quedes a esperar la cena. Ya verás que te sentirás mejor por la mañana. Vamos, te acompaño.

Subió conmigo, y aunque su cuidado me pareció un tanto excesivo, lo acepté con gratitud. Esperó a que me desvistiera y, más tarde, volvió para llevarme una taza de té caliente y una manta. Sus atenciones me conmovieron profundamente, quizás por el cansancio, la fiebre o simplemente por la impresión del día. Al despedirme de ella, la abracé con un fervor que hasta a mí me sorprendió. Me sentía tan abrumado que casi lloré al estrecharme contra su pecho. Ella notó mi emoción, y creo que también estaba un poco conmovida.

—Eres un chico increíblemente bueno —dijo, mirándome con ternura—. Por favor, no te vayas a enfadar conmigo, ¿de acuerdo?

Nos despedimos como buenos amigos.

A la mañana siguiente, me desperté temprano. La luz del sol ya estaba iluminando la habitación con un brillo sereno. Me incorporé sintiéndome completamente renovado, como si la fiebre de la noche anterior hubiera desaparecido junto con cualquier otro rastro de malestar. Recordé los acontecimientos del día anterior, y un profundo anhelo invadió mi corazón. Habría dado cualquier cosa por poder abrazar de nuevo a mi amiga, la joven de las manos blancas. Pero era demasiado temprano, y todos seguían dormidos.

Después vestirme a toda prisa, salí al jardín y luego me adentré en el bosque. Buscaba los rincones más verdes y tupidos, donde el aroma de la resina llenaba el aire y los rayos de sol se filtraban con alegría entre las hojas. Era una mañana simplemente espléndida y fresca, y en ese momento, toda la belleza de la naturaleza parecía fundirse con la alegría inexplicable que sentía en mi interior.

Sin darme cuenta, seguí avanzando cada vez más profundo por el bosque hasta que finalmente salí al otro lado, donde se encontraba el río Moskova. Fluía a unos doscientos pasos de distancia, al pie de una colina. En la otra orilla, algunos segadores estaban cortando el heno. Me quedé observando cómo las afiladas guadañas brillaban al sol con cada movimiento, como si fueran pequeñas serpientes de fuego que aparecían y desaparecían con cada golpe. La hierba, cortada desde la raíz, caía formando gruesos montones que luego eran alineados en largos surcos.

No sé cuánto tiempo estuve contemplando la escena cuando, de pronto, oí un resoplido y los pasos impacientes de un caballo que piafaba, provenientes del bosque, a unos veinte pasos o así de mí. El sonido provenía de un cortafuego que conectaba con el camino principal que a su vez conducía a la casa del dueño. No sé si el ruido había estado allí desde hacía un rato y yo simplemente no lo había notado, absorto como estaba en mi contemplación, o si el caballo justo acababa de llegar. Intrigado, me adentré en el bosque, caminando detrás del sonido. Tras avanzar unos pasos, escuché voces que susurraban en tono bajo pero apresurado.

Con cuidado, aparté las ramas de unos arbustos que bordeaban el cortafuego y entonces me detuve, sorprendido: frente a mí, pude distinguir un vestido blanco que me resultaba extrañamente familiar. Una voz femenina, suave y melodiosa, llegó a mis oídos y resonó profundamente en mi interior. Era *madame* M*. Estaba de pie junto a un jinete que le hablaba rápidamente desde su caballo. Para mi asombro, reconocí al joven *monsieur* N*, quien la mañana anterior había dejado la hacienda con la excusa de viajar lejos, al sur de Rusia. Verlo allí, tan temprano y junto a *madame* M*, me parecía desconcertante.

Ella lucía más emocionada de lo que jamás la había visto. Las lágrimas brillaban en sus mejillas. *Monsieur* N* sostenía su mano desde la montura, inclinándose para besarla varias veces. Llegué justo en el momento de la despedida. Todo parecía muy apresurado. Finalmente, él sacó un sobre cerrado de su bolsillo y se lo entregó a *madame* M*. Después la abrazó desde el caballo y la besó con intensidad antes de dar un golpe con la fusta a su montura, alejándose a toda velocidad. Pasó tan cerca de mí que apenas tuve tiempo de esconderme.

Madame M* lo siguió con la mirada hasta que desapareció entre los árboles. Luego, con un aire pensativo y triste, se giró y empezó a caminar de regreso hacia la casa. Sin embargo, después de dar unos pasos, pareció recuperar el ánimo, apartó con decisión las ramas de los arbustos y tomó un camino alternativo a través del bosque. Yo, sin saber qué pensar o hacer, comencé a seguirla a una distancia prudente. Mi corazón latía desbocado, como si acabara de llevarme un gran susto. Mis pensamientos estaban confusos y revueltos, pero había en mí una tristeza inexplicable. Por entre las ramas y el follaje, veía de vez en cuando el destello de su vestido blanco, y aunque la seguía de forma mecánica, no dejaba de temer que se diera cuenta en cualquier momento de mi presencia. Finalmente, *madame* M* salió al camino que conducía al jardín. Esperé unos segundos antes de seguirla, pero cuando me aventuré al sendero, me llevé una sorpresa: sobre la gravilla rojiza, distinguí un sobre blanco. Lo reconocí al instante. Era el mismo que *monsieur* N* le había entregado hacía apenas unos minutos.

Lo recogí con cuidado. No tenía ninguna inscripción visible, pero era pesado, como si contuviera varias hojas dobladas. Me pregunté qué secretos podría guardar. ¿Acaso contenía todo aquello que *monsieur* N* no había podido decirle por la rapidez de su encuentro? ¿Tal vez algo que le daba miedo expresar directamente? Me quedé inmóvil, mirando el sobre, pero decidí dejarlo donde estaba, pensando que *madame* M* notaría su ausencia y regresaría a buscarlo. Sin embargo, tras unos minutos, la ansiedad me venció. Lo recogí de nuevo, lo guardé en el bolsillo y corrí tras ella.

Cuando la alcancé ya estaba en el jardín, en la gran alameda que conducía a la casa. Caminaba rápido, con la mirada fija en el suelo, como si buscara algo en sus pensamientos. Yo no sabía qué hacer. Si se lo entregaba, sería como confesar que lo sabía todo, que había sido testigo de lo ocurrido. Solo imaginarme en esa situación ya me ponía nervioso. ¿Cómo podría mirarla a los ojos? ¿Y cómo me miraría ella?

Esperaba que se diera cuenta de la pérdida e intentara regresar al camino en busca del sobre, lo que me permitiría dejarlo disimuladamente en el suelo para que ella lo recogiera. Pero no fue así. Seguía avanzando hacia la casa, cada vez más cerca de las miradas de los demás. Aquel día, casi todos se habían levantado temprano para organizar una nueva excursión, como compensación por la fallida del día anterior. Había mucha actividad y movimiento en la terraza, donde el desayuno estaba ya servido. Decidí no acercarme demasiado a *madame* M* para evitar cualquier tipo de sospechas. Me aparté y rodeé el jardín, entrando en la casa por otro lado.

Desde la distancia, la pude observar con detenimiento. Caminaba de un lado a otro de la terraza, con las manos cruzadas sobre el pecho, se notaba y era más que evidente que estaba tensa. Sus ojos delataban una tristeza profunda que trataba de ocultar, pero que se reflejaba en cada uno de sus movimientos. En algunos momentos descendía la escalinata y se aventuraba hacia los parterres del jardín, mirando con ansiedad el suelo, como si buscara algo perdido. No cabía duda: ya se había dado cuenta de que había extraviado el sobre en algún lugar.

Alguien se dio cuenta de su palidez y de la evidente excitación en su rostro. Otros invitados pronto lo confirmaron, lo que desató una avalancha de preguntas sobre su salud y una lluvia de lamentaciones que parecían más enojosas que genuinas. Ella no tuvo más remedio que sonreír, bromear y fingir una alegría que realmente no sentía. Cada tanto, sus ojos se desviaban hacia su esposo, que estaba al fondo de la terraza conversando animadamente con dos damas. La misma confusión y el temblor que había sentido la tarde en que él llegó volvieron a apoderarse de ella.

Yo permanecía a cierta distancia, con el sobre aún apretado en el bolsillo, observándola en silencio y esperando que, de algún modo, se diera cuenta de mi presencia. Deseaba con todas mis fuerzas poder tranquilizarla, ofrecerle, aunque fuera una mirada de apoyo o decirle algo fugazmente, sin que nadie más lo notara. Pero, cuando nuestros ojos se encontraron por accidente, me estremecí y aparté la vista.

No me equivocaba: ella estaba sufriendo, y mucho. Aunque, hasta el día de hoy, ignoro el contenido de ese secreto. Todo lo que sé es lo que vi y lo que ahora estoy contando. Quizás la relación que presencié no era lo que parecía en un primer momento. Tal vez aquel beso fue una despedida definitiva, el último gesto de una renuncia dolorosa, un sacrificio en nombre de su honor y su tranquilidad. *Monsieur* N* se iba, probablemente para siempre.

Incluso el sobre que tenía en mi bolsillo, ¿qué es lo que podía contener? ¿Qué juicio debía hacerse sobre él y quién sería el juez? Solo una cosa era evidente: si el secreto se revelaba de forma repentina, sería un golpe devastador para ella. La sola idea de que alguien pudiera encontrar el sobre, abrirlo y exponer su contenido me llenaba de una enorme angustia. En tal caso, ¿qué destino le esperaría a ella?

Madame M* iba y venía por la terraza, rodeada de sus futuros jueces, quienes por el momento mantenían rostros sonrientes y actitudes amables. Pero, en cuestión de minutos, esos semblantes podrían tornarse severos, crueles e implacables. Podía imaginar su burla, su maldad, el frío desprecio reflejado en sus miradas. Después, una noche interminable y oscura cubriría la vida de *madame* M*. En ese entonces, no entendía del todo lo que estaba ocurriendo, como sí soy capaz de entenderlo ahora. Pero allí, siendo mi yo de once años, solo podía intuirlo, sospecharlo, y sentir una inmensa compasión por el peligro que ella parecía no comprender del todo. Fuera cual fuese su secreto, yo estaba seguro de una cosa: esos instantes de sufrimiento que presencié, y que jamás olvidaré, ya habían sido un castigo más que suficiente, si es que había algo que expiar.

De pronto, un llamado alegre anunció que era la hora de partir hacia la excursión. Todo el mundo se puso ajetreado, las risas y las conversaciones llenaron el aire. En cuestión de minutos, la terraza quedó desierta. *Madame* M* optó por no ir con los demás, alegando que no se sentía bien. Por fortuna, la prisa de los demás evitó que insistieran demasiado con preguntas y consejos. Algunos pocos se quedaron también en casa, entre ellos su marido, que intercambió con ella unas breves palabras antes de partir. Ella le aseguró que se recuperaría pronto, que no era nada grave, y añadió que prefería dar un paseo conmigo por el jardín. Al decirlo, me miró directamente, y yo no pude evitar sonrojarme de felicidad.

En menos de un minuto, comenzamos nuestro paseo.

Seguimos los mismos senderos que, hacía poco, ella había recorrido al regresar del bosque. Caminaba en silencio, mirando al suelo con una expresión absorta, buscando algo sin dirigirme palabra, como si hubiera olvidado mi presencia, que yo estaba allí. Yo, por mi parte, no decía nada. Solo la seguía, temeroso de romper aquel frágil momento. Cuando llegamos al final del sendero, cerca del lugar donde había recogido el sobre, *madame* M* se detuvo repentinamente. Con voz débil y angustiada, me dijo que no se sentía bien y que prefería regresar a la casa. Caminamos en silencio de vuelta, y, al llegar a la reja del jardín, se detuvo de nuevo. Permaneció quieta por un momento, sumida en sus pensamientos.

De pronto, una amarga sonrisa asomó a sus labios. Parecía derrotada, agotada, resignada a cualquier cosa que pudiera ocurrir. Sin decir una palabra, giró y tomó el primer camino de regreso, sin siquiera avisarme esta vez. Yo me quedé allí, inmóvil, con una tristeza indescriptible que me llenaba por completo. No sabía qué hacer, ni cómo ayudarla.

La guie, o más bien la conduje, hasta el lugar donde, hacía apenas una hora, había escuchado el ruido de un caballo y la conversación entre ellos. Allí, junto al grueso tronco de un olmo, se encontraba un banco tallado en una enorme piedra, cubierto de hiedra, jazmín salvaje y escaramujos. Todo ese bosque parecía sacado de un sueño, con sus puentes, cenadores, grutas y otras pequeñas sorpresas ocultas entre la vegetación.

Madame M* se sentó en el banco, con la mirada perdida en el encantador paisaje que se extendía ante ella. Después de un momento, abrió un libro, pero no pasó página ni parecía leerlo; simplemente lo sostenía, inmóvil, como si apenas fuera consciente de lo que hacía.

El sol ya estaba alto en el cielo, flotando suavemente sobre nuestras cabezas como una esfera de fuego consumiéndose en su propio resplandor. Los segadores se veían a lo lejos, sus figuras diminutas desde nuestra orilla. Tras ellos quedaban interminables surcos de hierba recién cortada, cuyo aroma fresco llegaba de vez en cuando con la brisa. A nuestro alrededor, el canto constante de los pájaros llenaba el aire, esos pequeños seres libres que no siembran ni siegan, pero que surcan el cielo con la misma alegría que parecía respirar cada flor y cada brizna de hierba. Todo parecía susurrar al Creador: *"Dios mío, ¡qué feliz soy!"*.

Solo ella, sentada en medio de aquella exuberante vida, parecía un ser ajeno, casi inanimado. En sus largas pestañas temblaban dos lágrimas inmóviles, que parecían haber brotado desde lo más profundo de su corazón. La tristeza que la envolvía me resultaba insoportable, y en mi mano tenía la posibilidad de aliviarla, de devolverle una chispa de felicidad. Pero no sabía cómo. Cada vez que reunía el valor para acercarme, algo me detenía, dejándome paralizado y con las mejillas ardiendo de nerviosismo.

De repente, una idea cruzó por mi mente como un destello, y entonces supe con certeza qué es lo que debía hacer.

—¿Le gustaría que le recoja flores y le haga un ramo? —pregunté con una voz alegre que no parecía para nada la mía.

Ella alzó la cabeza y me miró fijamente, como sorprendida, como si reparara en mi presencia por primera vez.

—Sí, claro. Ve —respondió finalmente con una débil sonrisa, volviendo de inmediato su atención al libro.

—¡Porque también aquí pueden cortar la hierba y hacer desaparecer las flores! —exclamé yo, mientras me disponía contento para la tarea.

Rápidamente recogí un ramo de flores; un ramo sencillo y modesto. A uno le daría bochorno ponerlo en un jarrón. Pero con cuánta felicidad latía mi corazón mientras lo recogía y lo ataba. El escaramujo y el jazmín campestre los recogí en el mismo sitio. Sabía que cerca había un campo con los trigales en flor. Corrí hacia allí para recoger los acianos. Los mezclé con las largas espigas de trigo, de las que había escogido las más doradas y las que estaban más llenas. En el mismo lugar, muy cerca de allí, encontré toda una familia de nomeolvides y mi ramo ya empezó a rellenarse de color. Más lejos, en el campo, encontré campanillas azules y claveles salvajes, y bajé hasta la misma orilla del río para recoger los nenúfares amarillos. Finalmente, ya de regreso, me introduje por un instante en el bosque para cortar unas hojas de arce de vivo color verde con que rodear el ramillete, y casualmente me topé con toda una familia de pensamientos silvestres junto a los cuales, para mi felicidad, el aromático olor a violetas que provenía de la jugosa y espesa hierba ocultaba una flor, todavía cubierta de brillantes gotas de rocío.

El ramo ya estaba listo. Lo até con una larga y fina hierba, que fui trenzando como una clineja, introduje cuidadosamente el sobre en su interior, y lo oculté en medio las flores. Lo había hecho de tal manera que podía verse con solo coger y observar el ramo.

Se lo llevé a *madame* M*, me dije a mí mismo. Por el camino me pareció que el sobre asomaba demasiado y entonces lo cubrí un poco más. Cuando me estaba acercando, lo empujé más adentro entre las flores, y finalmente, ya casi en el lugar donde se encontraba ella, de pronto lo introduje tan dentro del ramo que desde fuera casi ni se veía. Mis mejillas ardían como el fuego. Quería taparme la cara con las manos y echarme a correr al instante, pero ella miró mi ramo como si hubiera olvidado completamente que había ido a recogerlo. De forma mecánica, y sin siquiera mirarme, extendió la mano y cogió mi regalo, para depositarlo al instante sobre el banco como si esa fuera la finalidad, y de nuevo, completamente ensimismada, bajó la mirada al libro. Me entraron ganas de llorar por mi fracaso. «¡Lo único que deseo es que no aparte el ramo de su lado!», pensé, «¡que no se olvide de él!».

Me tumbé sobre la hierba, no muy lejos del banco, puse la mano debajo de la cabeza y cerré los ojos, como si tuviera sueño. Pero no apartaba los ojos de ella y permanecía a la espera... Pasaron unos diez minutos; me daba la impresión de que ella estaba cada vez más pálida. De pronto, una casualidad acudió en mi ayuda. Se trataba de una grande y dorada abeja que para mi suerte había traído el aire consigo. Al principio revoloteó zumbando sobre mi cabeza y después se acercó a *madame* M*. Un par de veces ella intentó apartarla con la mano, pero la abeja, como si fuera a propósito, se ponía cada vez más pesada. Por fin, *madame* M*, cogió mi ramo y lo sacudió delante de ella como un escudo. En ese instante, el sobre salió volando de entre las flores y cayó justo en el libro, que estaba abierto. Me estremecí. Durante un rato, *madame* M*, estupefacta de asombro, miraba tan pronto el sobre como el ramo que sostenía entre sus manos y parecía no dar crédito a sus ojos. Así que, entonces, se sonrojó y, sofocada, me miró. Pero a mí ya me había dado tiempo a captar su mirada y cerrar fuertemente los ojos haciéndome el dormido. En aquel momento, por nada del mundo la habría mirado directamente a la cara. El corazón me palpitaba nervioso como un pajarillo que ha caído preso en las manos de un niño travieso de cabellos alborotados. No recuerdo cuánto tiempo estuve así, tirado de ese modo, con los ojos cerrados. Unos dos o tres minutos tal vez. Por fin me atreví a abrirlos. *Madame* M* leía ansiosa la carta y, por las mejillas encendidas, por la mirada iluminada y humedecida, así como por el brillo de su rostro, en el que cada rasgo palpitaba de alegre sensación, me percaté de que aquella carta era portadora de una gran felicidad y de que toda su tristeza se había desvanecido como si se tratara de simple humo.

Un sentimiento dulce y doloroso se adhirió a mi corazón, y me costaba trabajo fingir... ¡Jamás olvidaré aquel momento! De improviso, todavía lejos de nosotros, se oyeron unas voces:

—¡*Madame* M*! ¡Natalie! ¡Natalie!

Madame M* no respondió, se levantó con rapidez del banco, se acercó a mí y se agachó. Sentí cómo me miraba directamente a la cara. Mis pestañas temblaron, pero me contuve y no abrí los ojos. Intentaba respirar de manera constante y uniforme, y con tranquilidad, pero el corazón me ahogaba con sus bruscas palpitaciones. Su cálido aliento me abrasaba las mejillas; ella se agachó muy cerca de mi cara como si me estuviera poniendo a prueba. Finalmente, un beso y unas lágrimas cayeron sobre mi mano, la que tenía puesta sobre mi pecho. Me besó dos veces.

—¡Natalie! ¡Natalie! ¿Dónde estás? —se oyó de nuevo, esta vez ya muy cerca de nosotros.

—¡Ya voy! —dijo *madame* M* con su voz dorada y suave, pero tan apagada y temblorosa por las lágrimas que solo yo pude oírla—. ¡Ya voy!

En ese instante fue cuando mi corazón me traicionó, y me dio la impresión de que toda la sangre venía a mis mejillas. En aquel momento, un rápido y ardiente beso me quemó los labios. Lancé un suave grito, abrí los ojos, pero al instante un pañuelo de seda me cayó sobre la cara, como si con él quisiera ella resguardarme del sol. Al cabo de un momento, ella ya había desaparecido. Solo pude escuchar el rumor apresurado de sus pasos que se iban alejando en el bosque. Me quedé completamente solo. Me quité el pañuelo de la cara y me puse a besarlo con entusiasmo; permanecí varios minutos así, como si estuviera completamente trastornado. Sin apenas coger aliento y con los codos apoyados en la hierba, inmóvil e inconscientemente me dediqué a contemplar el paisaje que dibujaban las colinas lejanas, tan repletas de trigales, el río que se deslizaba como una serpiente rodeándolas, y a lo lejos, tan lejos hasta donde se perdía la vista, ondulándose entre nuevas colinas y aldeas, brillando como puntos sobre la lontananza iluminada, los verdosos y apenas perceptibles bosques, que parecían humeantes al borde del incandescente cielo; y un silencio tan dulce, que parecía emanar de un cuadro solemne, y con este acto contemplativo mi corazón poco a poco fue calmándose.

Me sentí, entonces, aliviado y pude respirar con mayor libertad... Pero todo mi espíritu empezó a sentir una dulce y apaciguada nostalgia, como si lograra percibir o intuir algo similar a un presentimiento. Mi corazón, asustado y tembloroso por la espera, parecía adivinar ese algo de una forma tímida y alegre. De pronto mi pecho se revolvió y sentí en él un dolor como si algo lo atravesara y unas dulces lágrimas comenzaron a brotar de mis ojos. Me tapé la cara con las manos y, temblando como si fuese un tallo de hierba, sin ningún obstáculo me abandoné por completo al primer conocimiento y la primera revelación de mi corazón, a la primera sensación tan prístina de mi aún confusa, y en desarrollo, naturaleza de hombre. En aquel momento estaba poniéndole fin a mi primera infancia. Después de lo que parecieron unas dos horas, me dispuse a volver a casa, y obviamente ya no me encontré a *madame* M*. Ella se había ido ya con su marido de regreso a Moscú por una complicación que les había salido de forma imprevista.

Nunca más volví a verla.

EL COCODRILO:

UN INCIDENTE EXTRAORDINARIO

I

El 13 de enero de 1865, a eso de las doce y media del mediodía, Elena Ivanovna, la esposa de Ivan Matveitch —mi buen amigo, colega y, en cierto modo, un pariente lejano— sintió un repentino antojo: tenía ganas de ver al cocodrilo que estaban exhibiendo en el Pasaje. Ivan Matveitch, que ese día no tenía nada importante que hacer, no opuso resistencia a la curiosidad de su esposa. Después de todo, acababa de recibir una licencia, y ya tenía en el bolsillo el billete de tren para un viaje al extranjero que planeaba realizar, más por el simple deseo de explorar cosas nuevas que por cuestiones de salud en sí. Además, no se opuso al ardiente deseo de su esposa porque él también compartía ese interés.

—¡Es una idea excelente! —dijo con entusiasmo—. Vamos a ver al cocodrilo. Antes de embarcarme en mi recorrido por Europa, no está de más que me familiarice un poco con los indígenas que tenemos aquí en casa.

Al momento y con la mayor galantería, le ofreció su brazo a su esposa y juntos se dirigieron al Pasaje. Yo, como buen amigo de la familia y siguiendo nuestra arraigada costumbre, decidí acompañarlos. Nunca había visto a Ivan Matveitch tan animado como esa tarde que, sin saberlo, se volvería simplemente inolvidable. ¡Ah, si tan solo pudiéramos vislumbrar el porvenir!

Apenas cruzamos la entrada del Pasaje, quedó maravillado ante la majestuosidad del lugar. Y, al llegar al espacio donde se estaba exhibiendo el famoso cocodrilo, hizo algo completamente inusual: insistió en pagar las veinticinco kopeks que costaban nuestras entradas.

Una vez estuvimos dentro de la pequeña sala, además del cocodrilo, también descubrimos cacatúas y algunos monos en una jaula que estaba situada al fondo. Cerca de la entrada, a lo largo de la pared izquierda, había una gran tina de zinc cubierta con una rejilla de alambre y apenas llena de agua. Allí descansaba, inmóvil como una tabla, un enorme cocodrilo que parecía haber perdido todo rastro de vitalidad a causa de nuestro clima tan húmedo y que resultaba tan poco amigable para los forasteros.

La primera impresión que nos causó el animal fue desalentadora.

—¿Y esto es un cocodrilo? —exclamó Elena Ivanovna con visible desilusión—. Me lo imaginaba de otra manera.

No cabía duda de que lo había visualizado adornado con destellos y joyas. El propietario del cocodrilo, un alemán robusto, se acercó a nosotros con una mirada altiva.

—Tiene sus motivos para estar tan orgulloso —me susurró Ivan Matveitch al oído—. Sabe perfectamente que no hay otro cocodrilo como este en toda Rusia.

Me limité a sonreír, atribuyendo ese comentario tan trivial al excelente humor de mi amigo, quien, de ordinario, tenía una pizca de envidia en su carácter.

—Este cocodrilo no pareciera que estuviese vivo —observó Elena Ivanovna, lanzándole al alemán una de sus más encantadoras sonrisas, tal vez con la intención de bajar un poco su arrogancia, como suelen hacer las damas.

—¡Disculpe, señora! —respondió el alemán, pronunciando el ruso con una rudeza que dolía al oído.

Y de inmediato levantó la rejilla y comenzó a molestar al cocodrilo con una varilla. El perezoso reptil reaccionó apenas: movió las patas y la cola, levantó ligeramente el hocico y dejó escapar un sonido largo y áspero, una especie de resuello.

—¡Bueno, bueno, tranquilo, Karlchen, no te pongas así! —dijo el alemán con un tono entre cariñoso y orgulloso, mientras le daba unos toquecitos a la rejilla.

—Qué feo es este cocodrilo… ¡me asusta un poco! —murmuró Elena Ivanovna, haciendo un gesto coqueto—. Estoy segura de que tendré pesadillas con él.

—En sueños, señora, no podría hincarle el diente —replicó el alemán con una galantería un tanto forzada.

Se echó a reír con ganas de su propio chiste, pero nadie le siguió la corriente.

—Mejor vamos a ver a los monos, Semyon Semyonitch —dijo Elena Ivanovna, dirigiéndose únicamente a mí—. ¡Me muero por los monos! Algunos son tan adorables… y este cocodrilo, por otro lado, es horrible.

—No te preocupes, mujercita —replicó Ivan Matveitch, inflando el pecho y adoptando un aire de valentía—. Este exiliado del reino de los faraones no nos hará ningún daño.

Y dicho esto, se quedó parado cerca de la bañera. Luego, cogió su guante y se puso a hacerle cosquillas al cocodrilo en las narices, con la intención, según nos confesó más adelante, de que el animal soltara otro de esos resoplidos que ya le habíamos escuchado. El dueño del cocodrilo fue detrás de Elena Ivanovna —¡una dama!— hasta las jaulas donde estaban los monos. Todo estaba marchando bien y nada nos hizo prever la adversidad que estaba por suceder.

Elena Ivanovna quedó totalmente encantada con los monos y no les quitaba ojo. Chillaba de alegría, y, fingiendo no prestar atención al alemán, se entretenía señalando parecidos entre algunos de los animales y ciertos conocidos suyos. Sus observaciones eran tan acertadas que no pude evitar reírme. El alemán, sin saber si debía compartir nuestra diversión, acabó poniéndose serio y algo incómodo.

De repente, en ese preciso instante, un grito desgarrador, casi sobrenatural, resonó en toda la sala. Me quedé paralizado, incapaz de moverme, mientras intentaba procesar qué era lo que había escuchado. Cuando Elena Ivanovna también gritó, me giré rápidamente para ver qué había ocurrido. ¿Y saben que fue lo que vi?

Pues lo que vi me dejó completamente petrificado. ¡Oh, por Dios! Allí estaba el pobre Ivan Matveitch, atrapado por la mitad del cuerpo entre las enormes mandíbulas del cocodrilo. El animal lo había levantado en el aire y lo zarandeaba horizontalmente como si fuera un muñeco, dejando a la vista únicamente sus piernas, que pataleaban en el aire con desesperación. En un abrir y cerrar de ojos, mi amigo y querido pariente, el pobre de Iván, desapareció por completo en el interior del cocodrilo. Me quedé observando la escena, incapaz de moverme, pero con una mezcla de horror y curiosidad que no había sentido nunca antes en mi vida. Cada detalle del accidente quedó grabado en mi memoria con una precisión que incluso hoy día me sorprende, a tal nivel recuerdo todo que puedo contarlo punto por punto.

"¡Qué horror!", pensé. Pero, al mismo tiempo, "¡qué suerte no ser yo el que está en su lugar!".

Pero volviendo a lo sucedido: el cocodrilo, con sus potentes mandíbulas, comenzó a arrastrar a Ivan Matveitch hacia su interior. Mi amigo intentaba liberarse con desespero, aferrándose a los bordes de la bañera, pero todo fue en vano. El reptil lo estaba engullendo poco a poco, soltándolo y volviéndolo a atrapar de nuevo, hasta que su cuerpo desapareció del todo. Por último, de un gran bocado final, el animal se tragó a mi pobre amigo entero. Podía verse cómo el cuerpo de Iván se iba acomodando dentro del reptil, como si este fuera un saco.

Estaba a punto de gritar también, cuando, de repente, el cocodrilo, quizás molesto por el tamaño descomunal de su presa, abrió sus fauces una última vez. Y allí, para nuestra sorpresa, volvió a aparecer el rostro angustiado de mi pariente Ivan Matveitch. Su expresión era de puro terror, y, en un giro cruel, sus gafas terminaron cayendo al fondo de la bañera. Se podría decir que su cabeza había reaparecido solo para echar un último vistazo al mundo y despedirse de todo lo que había amado.

Pero ni siquiera tuvo tiempo de hacerlo. El cocodrilo, recuperando sus fuerzas, cerró de golpe las mandíbulas y se tragó la cabeza de Iván en un instante. Aquella aparición y desaparición de una cabeza humana con vida resultó ser un espectáculo espantoso y grotesco, aunque, por lo insólito de la situación y la caída de las gafas, tenía un toque absurdamente cómico y ridículo. Me fue imposible contener una carcajada, aunque enseguida me avergoncé por la forma en que había reaccionado porque, después de todo, ¿no era yo, acaso, su amigo? Dirigiéndome a Elena Ivanovna con un tono de falsa simpatía que intentaba compensar mi absoluta falta de tacto, le dije:

—¡Adiós para siempre a nuestro querido Ivan Matveitch!

No intentaré ni siquiera describir la intensidad de las emociones que mostró Elena Ivanovna mientras se desarrollaba toda aquella escena. Al principio, después de lanzar un alarido completamente desgarrador, se quedó petrificada, observando el desastre con una mirada casi vacía, los ojos completamente desencajados. Luego, se puso a llorar, y yo, en un intento de consolarla, le tomé de las manos.

En ese momento, el dueño del cocodrilo, presa del pánico, comenzó a dar palmadas mientras alzaba los ojos al cielo y exclamaba:

—¡Oh, mi cocodrilo! ¡Mi querido Karlchen! ¡Mutter, Mutter, Mutter!

A sus gritos acudió una mujer desde la puerta del fondo. Era su madre, que apareció con una cofia mal ajustada sobre su cabeza. Era una mujer mayor, de piel morena y con el escote algo descuidado, que corrió hacia su hijo lanzando chillidos también desgarradores.

Se desató entonces un caos total. Elena Ivanovna, fuera de sí, repetía sin cesar:

—¡Que lo desuellen! ¡Que lo desuellen!

Parecía no saber exactamente a quién se estaba refiriendo ni por qué, pero lo gritaba con desesperación, alternando entre suplicarle al alemán y dirigirse a su madre con ruegos incomprensibles. Mientras tanto, el domador y su madre, totalmente ajenos a nosotros, lloraban de forma desconsolada junto a la bañera.

—¡Es el fin! —gimió el domador entre sollozos—. ¡Va a explotar en cualquier momento! ¡Se ha tragado a un funcionario entero!

—¡Pobre Karlchen! ¡Nuestro querido Karlchen! ¡Se va a morir! —aullaba la madre.

—¡Y nos dejará huérfanos y desamparados!

—¡Que lo desuellen! ¡Que lo desuellen! —insistía Elena Ivanovna, aferrándose desesperada al faldón del abrigo del alemán.

El domador, intentando zafarse, refunfuñó con amargura:

—¡Su marido se puso a molestar a mi cocodrilo! ¿Por qué tenía que hacerlo? Si mi Karlchen revienta, usted tendrá que indemnizarme. Era como un hijo para mí, mi único hijo.

Debo admitir que el egoísmo del alemán y la fría indiferencia de su madre me indignaron profundamente, pero lo que más me desconcertaba eran los incesantes gritos de Elena Ivanovna:

—¡Que lo desuellen! ¡Que lo desuellen!

Confieso que sentía un miedo considerable, aunque pronto comprendí que había malinterpretado sus palabras. Pensé que, en su desesperación y la poca cordura que le quedaba por vengar a su querido Ivan Matveitch, pedía que castigaran al cocodrilo a golpes. Pero su intención era, en realidad, muy distinta.

Tratando de calmarla, le pedí que evitara expresarse con esas palabras tan violentas. Le expliqué que, allí, en pleno Pasaje, rodeados de personas tan ilustradas, y a escasos metros de la sala donde el señor Lavrov impartía su curso público, un comentario tan "reaccionario" no sólo resultaba inadecuado, sino también inadmisible. Le advertí que aquello podría atraer la atención de las críticas más severas, incluso del propio Stepanov y sus seguidores, que caerían, sin dudarlo ni un segundo, con sus cuerdas de la disciplina sobre nuestras espaldas. Y mis temores no tardaron en hacerse realidad. De repente, la cortina que cubría la entrada a la sala donde estaba el cocodrilo se descorrió, y apareció un hombre con barba y bigote. Desde el umbral, y con el sombrero en la mano, inclinó educadamente la parte superior de su cuerpo hacia nosotros, mientras mantenía los pies estratégicamente fuera de la sala para así no tener que pagar la entrada correspondiente.

—Señora —dijo con tono solemne el desconocido, ejecutando un equilibrio digno de admiración para mantener su postura—, señora, una idea tan retrógrada no es digna de su inteligencia. Tal exclamación sólo puede atribuirse a una falta de fósforo en su cerebro. Créame, tanto *La Crónica del Progreso* como nuestros periódicos satíricos no tardarán en condenarla con severidad...

Pero no pudo concluir con su discurso. El dueño del establecimiento recobró en ese instante sus sentidos, y, dándose cuenta, con horror, de la presencia gratuita de aquel individuo en la sala del cocodrilo, arremetió con furia contra el progresista desconocido y se encargó de echarlo a puñetazos del recinto. Ambos hombres permanecieron ocultos tras la cortina, y yo comprendí de inmediato que todo aquel conflicto carecía de fundamento, pues Elena Ivanovna era completamente inocente de las intenciones que se le estaban atribuyendo. Ella no deseaba que se le infligiera al cocodrilo el humillante castigo de los golpes, sino que pedía algo mucho más radical: que le abrieran el vientre para así poder rescatar el cuerpo de su querido Ivan Matveitch.

—¡Ah, entonces lo que usted quiere es que maten a mi cocodrilo! —vociferó el domador, completamente inundado por la ira—. ¡Antes preferiría que mataran a su esposo diez veces! Este cocodrilo ha sido la joya de mi familia durante generaciones: mi padre ya se encargaba de exhibirlo al público, y mi abuelo lo hizo antes que él, y yo lo hago ahora. Cuando yo muera, mi hijo continuará con la tradición. ¡Este cocodrilo es conocido en toda Europa, mientras que a usted no la conoce nadie! ¡Y encima, tendrá que indemnizarme!

—¡Eso, eso! —coreó la alemana, fuera de sí—. ¡No se irán de aquí sin pagarnos una indemnización! Nuestro pobre Karlchen está al borde de reventar.

—Indudablemente sería inútil matarlo —intervine con calma, mientras trataba de llevar a Elena Ivanovna a casa—. Lo más probables es que a estas alturas, nuestro querido Ivan Matveitch seguramente ya se encuentre en la gloria.

—¡Querido amigo! —exclamó de pronto una voz que, para nuestro asombro y horror, se trataba claramente de la voz de Ivan Matveitch—. ¡Querido amigo, creo que lo más sensato sería avisar cuanto antes al comisario de la Policía! Solo la intervención de la autoridad podrá convencer a este testarudo alemán.

Aquel inesperado comentario, pronunciado con una serenidad tan sorprendente, nos dejó estupefactos. En un principio, dudamos de nuestros propios oídos y lo que habíamos creído escuchar. Sin embargo, nos acercamos rápidamente a la bañera donde se agitaba el cocodrilo y prestamos atención al infortunado cautivo, aunque con cierta incredulidad.

La voz de Ivan Matveitch sonaba apagada y distante, como si nos llegara desde lo más profundo de un pozo. Parecía el tipo de truco teatral que algún bromista podría hacer en una habitación contigua, gritando con la boca pegada a un cojín para simular un diálogo entre dos campesinos en una estepa o un barranco. Había presenciado espectáculos similares en casa de amigos durante las celebraciones de Nochebuena.

—Ivan Matveitch, esposo mío, ¿sigues con vida? —preguntó Elena Ivanovna con apenas un hilo de voz.

—Sí, sigo vivo y sano —respondió él—. Gracias a la protección divina, el cocodrilo me tragó sin causarme daño alguno. Lo único que me preocupa es cómo interpretarán este incidente mis superiores. Ya sabes que tenía listos mis pasaportes para viajar al extranjero, y ahora estoy... bueno, aquí, en el estómago de un cocodrilo. Aunque, la verdad, no se está tan mal.

—Pero, esposo mío, ¡qué importa todo eso si logran sacarte de ahí! —exclamó Elena Ivanovna, interrumpiéndolo.

—¿Sacarlo de ahí? —bramó el domador—. ¡Ni en sueños! No permitiré que toquen a mi cocodrilo. ¡De ahora en adelante, el público hará cola para verlo! Cobraré veinte kopeks la entrada, y Karlchen ya no necesitará que le dé más alimento...

—¡Gracias a Dios! —añadió la madre del domador con un suspiro de alivio.

—Tiene razón —intervino Ivan Matveitch con un tono sorprendentemente apacible—. Antes que nada, hay que analizar las cosas desde una perspectiva económica.

—Amigo mío —le dije con determinación—, voy a ir de inmediato a ver a nuestro jefe y le voy a presentar la demanda correspondiente. Está claro que solos no podremos resolver esta situación.

—Yo también lo creo —respondió Ivan Matveitch—. En estos tiempos de crisis comercial, abrirle la barriga a un cocodrilo sin pagar ninguna indemnización es algo bastante complicado. Así que debemos considerar lo principal: ¿cuánto piensa pedir el domador por el cocodrilo? Y a esto se suma una pregunta aún más importante: ¿quién le va a pagar? Porque, como sabes, yo no soy precisamente un hombre rico.

—Pues, quizás podrías pedir un anticipo de tu sueldo —sugerí con algo de timidez.

Pero el domador ni siquiera me dejó terminar.

—¡No pienso vender a mi cocodrilo! Ni por tres mil rublos. Por lo menos, tendrían que darme cuatro mil. Después de todo lo ocurrido, la gente se va a amontonar en la entrada del local. ¡Sólo pienso aceptar cinco mil rublos por él!

En pocas palabras, quería aprovecharse de la situación. La codicia más descarada se reflejaba en su rostro.

—¡Ya basta! Me voy —exclamé, indignado.

—¡Y yo también, yo también me voy! —lloriqueaba Elena Ivanovna—. Voy a ver a Andrey Osipitch y lo conmoveré con mis lágrimas.

—¡Eso ni hablar, mujercita! —interrumpió Ivan Matveitch, claramente molesto, pues hacía tiempo que sentía celos de aquel caballero.

Sabía que a su mujer le gustaba soltar un torrente de lágrimas frente a hombres cultos, ya que el llanto realzaba más sus encantos. Luego, dirigiéndose a mí, continuó:

—Tampoco te lo recomiendo a ti. No sabemos qué consecuencias podría tener esa gestión. Pero te ruego que vayas hoy mismo a ver a Timofey Semyonitch. Es un hombre anticuado, algo corto de entendimiento, pero tremendamente leal. Dale saludos de mi parte y explícale todo el incidente con lujo de detalles. De paso, entrégale los siete rublos que me ganó la última vez que jugamos a las cartas; ese gesto le hará mirarnos con buenos ojos. Es un hombre cuyo consejo puede sernos de gran utilidad. Mientras tanto, por favor llévate a Elena Ivanovna.

Luego, dirigiéndose a su esposa, añadió:

—Tranquilízate, querida. Todos esos aspavientos me dejan agotado, y me gustaría descansar un poco. Después de todo, no estoy tan mal aquí, aunque no he tenido tiempo de explorar del todo este refugio inesperado.

—¿Explorar? ¿Es que acaso puedes ver algo? ¿Hay algo de luz allí? —preguntó Elena Ivanovna, de pronto con un tono de voz más calmado.

—No veo nada; me rodean tinieblas impenetrables —respondió el cautivo—. Pero puedo palpar y, por así decirlo, ver con las manos. En fin, hasta luego. Mantén la calma y no te prives de disfrutar en mi ausencia. Hasta mañana. Y tú, Semyon Semyonitch, ven a verme esta noche. Y como sé que eres un poco distraído y podrías olvidarlo, hazte un nudo en el pañuelo.

Confieso que no me desagradaba la idea de salir de allí. Estaba cansado y comenzaba a aburrirme. Me apresuré a tomar a Elena Ivanovna del brazo y sacarla del local.

—Esta noche cuando vuelvan la entrada les costará veinticinco kopeks —nos advirtió el domador.

—¡Dios mío, qué gente tan interesada! —exclamó Elena Ivanovna mientras se miraba en todos los espejos del Pasaje. Al notar que las emociones recientes la habían embellecido, sonrió con una satisfacción evidente.

—Es el famoso punto de vista económico —le respondí, ligeramente emocionado y orgulloso de acompañar a una mujer tan hermosa.

—¿El punto de vista económico? —repitió ella con su encantadora vocecita—. Pues no entendí nada de lo que dijo Ivan Matveitch sobre ese dichoso punto de vista económico.

—Ya se lo voy a explicar.

Y me lancé a una disertación sobre los beneficios de la acumulación de capital extranjero en nuestro país. Lo hice con soltura, pues esa misma mañana había leído artículos sobre el tema en *La Gaceta de Petersburgo* y *La Voz*.

Ella escuchó un rato, pero luego me interrumpió:

—¡Qué cosa tan extraña! ¿Y cuándo usted dejará de decir tonterías? Dígame, ¿estoy muy encarnada?

Aproveché la oportunidad para lanzarle un cumplido:

—No está encarnada; usted está exquisita.

—¡Anda, el adulador! —murmuró, encantada. Luego, inclinando la cabeza con gracia, añadió: —¡Pobre de mi marido! —Y, de repente—: Pero, Dios mío, ¿cómo se las arreglará para comer algo ahí dentro? ¿Y qué va a hacer si le dan ganas de hacer alguna necesidad?

—Esa pregunta me deja perplejo —respondí, desconcertado—. Si le soy sincero, no había pensado para nada en ello. ¡Qué prácticas son ustedes las mujeres para los problemas de la vida!

—¡Pobre! ¡En esas tinieblas no tendrá nada que le pueda servir de distracción! ¡Y pensar que ni siquiera tengo un retrato suyo! Ahora que estoy, viuda o casi...

Esbozó una encantadora sonrisa, como si le pareciera interesante su nueva condición.

—De todos modos, me da mucha lástima.

Así expresaba la natural pena y desdicha de una mujer que acaba de perder a su marido. La acompañé hasta su casa, y me insistió para que me quedara a cenar con ella. Después de una tacita de café, logré calmarla un poco y me despedí para ir a ver a Timofey Semyonitch, convencido de que, a esa hora, cualquier hombre respetable debería estar en su hogar.

He escrito este primer capítulo en el tono que se ajusta al argumento de mi relato. Sin embargo, he decidido adoptar un estilo mucho más sencillo y directo a partir de ahora, y así se lo adelanto al lector con total franqueza.

II

El buen Timofey Semyonitch me recibió con una mezcla de amabilidad y recelo. Me hizo pasar a su despacho y con gran cuidado cerró la puerta, porque según él así se podían evitar las posibles interrupciones de los niños. Sin embargo, sus gestos revelaban una inquietud más que palpable.

—Siéntese aquí —me indicó, señalando una silla junto a su escritorio. Luego, ajustándose los faldones de su bata forrada, adoptó una actitud solemne, casi autoritaria, aunque él no era ni mi superior ni el de Ivan Matveitch; era simplemente un compañero.

—Antes que nada —empezó a decir—, debo aclararle que yo no soy su jefe. Soy un simple subordinado, igual que usted e Ivan Matveitch. Así que nada de esto me concierne, y la verdad es que no me interesa involucrarme en absoluto.

Su actitud me dejó perplejo. Era evidente que estaba al tanto de lo que acababa de suceder. Aun así, le conté con lujo de detalle todo el incidente, con un tono conmovido, convencido de que estaba cumpliendo con el deber sagrado de la amistad. Me escuchó sin sorprenderse, pero con una desconfianza que no se molestaba en disimular.

—¿Sabe una cosa? —dijo finalmente, cuando terminé de contar mi relato—. Siempre tuve el presentimiento de que algo así le terminaría ocurriendo a Ivan Matveitch.

—¿Por qué dice eso, Timofey Semyonitch? A mí me parece que este incidente es algo demasiado extraordinario como para poder predecirlo.

—Sí, de acuerdo; pero ¿no le da la sensación de que toda la vida de Ivan Matveitch apuntaba hacia un desenlace como este? Era un hombre temerario, con una audacia que rozaba a veces la insolencia. No hacía más que hablar del progreso y, además, tenía una cantidad de ideas... ¡Ahí tiene usted lo que trae el progreso!

—Pero este incidente, que es completamente casual, no puede considerarse como una regla general para todos los progresistas —protesté.

—Quiera usted o no, así es —respondió de forma tajante—. Créame. Todo esto no es más que el resultado de una educación excesiva. Las personas que son demasiado instruidas se meten en todas partes, incluso donde nadie las llama. Aunque, claro está —añadió, algo picado—, puede que usted entienda más de este asunto que yo. Yo no tengo una gran formación y ya soy un viejo. Entré al servicio hace cincuenta años, siendo hijo de un militar.

—Creo que no me he explicado del todo bien, Timofey Semyonitch. Ivan Matveitch le pide consejo y apoyo con lágrimas en los ojos, si me permite la expresión.

—¿Lágrimas? —dijo él, receloso—. Serán lágrimas de cocodrilo, de esas que no merecen ningún tipo de atención. Pero dígame una cosa, ¿para qué necesitaba viajar al extranjero? ¿Con qué recursos contaba? Apenas si tenía medios…

—Ahorró durante años, Timofey Semyonitch —respondí, con un tono apesadumbrado—. Y conservaba intacta su última gratificación. Solo pensaba ausentarse por tres meses. Quería conocer Suiza, la patria de Guillermo Tell…

—¿Guillermo Tell? ¡Ejem, ejem!

—Soñaba con disfrutar la primavera en Nápoles, visitar museos, observar diferentes costumbres, estudiar la fauna…

—¿La fauna? —interrumpió él con sorna—. ¡La fauna! Pero ¿qué fauna? ¿Es que no tenemos fauna aquí? Hay museos, zoológicos, incluso tenemos camellos. A poca distancia de Petersburgo hay osos, y él, bueno, ahora está viviendo dentro de un cocodrilo…

—¡Timofey Semyonitch, tenga piedad! —le imploré—. Ese hombre está en completa desgracia. Recurre a usted como a un amigo, como a alguien que tiene más experiencia. Busca consejo y usted le responde con recriminaciones. Piense, al menos, en Elena Ivanovna.

—¿Su esposa? Es una mujer realmente encantadora —respondió él, ablandándose un poco mientras tomaba una pizca de rapé—. Es una mujer muy distinguida… aunque con la cabeza algo inclinada hacia los hombros y, bueno, algo rellenita. Pero es muy simpática. Justo ayer Andrey Osipitch me estaba hablando de ella.

—¿Le hablaba de ella?

—Sí, y profiriendo muchos elogios. "¡Qué pecho!" —decía—. "¡Qué ojos! ¡Qué cabello! ¡Una auténtica maravilla!". Y hasta se echó a reír. Todavía son jóvenes. Mire usted la forma en que ese caballero sabe abrirse camino…

—Pero no estamos hablando ahora de eso ahora, Timofey Semyonitch.

—Claro, claro, tiene razón.

—Entonces, ¿qué podemos hacer, Timofey Semyonitch?

—¿Y qué quiere que haga yo?

—Pues que nos de su consejo, por favor, como hombre experimentado. ¿Qué cree que deberíamos hacer? ¿Deberíamos informar a los superiores de lo ocurrido o...?

—¿Informar a los superiores? ¡De ninguna manera! —exclamó con firmeza Timofey Semyonitch—. Ya que me está pidiendo consejo, lo mejor es dejar este asunto en privado y no darle más vueltas. Es un caso extraordinario y bastante ambiguo. Algo así nunca ha pasado antes y solo podría dañar la reputación del funcionario involucrado. Por eso es crucial que actuemos con cautela. Dígale que no haga nada, que no dé un solo paso... Lo mejor es esperar con calma.

—¿Esperar? Pero, ¿cómo, Timofey Semyonitch? ¿Y si se asfixia allí dentro?

—¿Por qué habría de asfixiarse? ¿No acaba de decirme que está cómodamente instalado?

Volví a explicarle todos los detalles. Timofey Semyonitch escuchó en silencio, meditando durante un largo rato mientras revolvía su tabaquera con los dedos. Finalmente, me dijo:

—¡Ejem, ejem! A mi parecer, quizá lo mejor sea que se quede dónde está en lugar de ir al extranjero. Ahora tiene tiempo de sobra para reflexionar. Claro, hay que asegurarse de que no se asfixie, y también hay que cuidar de su salud. Desde luego, procure que no atrape un resfriado...

»En cuanto al alemán, creo que el hombre está en todo su derecho. De hecho, tiene más razón que la otra parte. Ivan Matveitch fue quien se metió en el cocodrilo sin permiso, no el alemán quien se metió en el cocodrilo de Ivan Matveitch, que, hasta donde sé, no tiene ninguno. Además, ese cocodrilo es una propiedad en sí, así que no se puede abrir su vientre sin indemnizar a su dueño.

—¡Pero estamos hablando de salvar a un ser humano, Timofey Semyonitch!

—Eso ya es asunto de la policía. A ella es que tienen que dirigirse.

—¿Y si lo necesitan en la oficina y lo llaman para regresar?

—¿A Ivan Matveitch? ¡Ejem, ejem! Primero, recuerde que está oficialmente de licencia. Se supone que está por irse a visitar Europa, así que podemos fingir que no sabemos lo que realmente está haciendo. Otra cosa sería que si, al terminar su licencia, no lograra regresar a tiempo. En ese caso, simplemente notificaremos su ausencia y se le abrirá un expediente.

—¡¿Esperar tres meses?! ¡Tenga compasión!

—Si está en esta situación, es por su propia culpa. ¿Quién lo obligó a meterse ahí dentro? Quizá habría que asignarle un guardia a expensas del Estado, pero eso va contra los reglamentos. De todas formas, lo principal aquí es que el cocodrilo es una propiedad, y aquí entra en juego el principio económico. Ese principio es lo más importante.

»El otro día, Ignaty Prokofyitch estuvo hablando justo de esto en casa de Luke Andreitch. ¿Usted conoce a Ignaty Prokofyitch? Es un hombre bien acaudalado, maneja grandes negocios y tiene una forma muy convincente de expresarse. Él decía: "Lo que necesitamos es industria. En Rusia prácticamente no tenemos industria. Hay que fomentarla y, para eso, necesitamos crear una burguesía. Pero como no tenemos capitales, tenemos que atraerlos del extranjero. Debemos facilitar a las compañías extranjeras la adquisición de nuestras tierras en parcelas, como se hace en otros países. ¡La propiedad comunitaria es el veneno que destruye a Rusia!".

»Hablaba con un entusiasmo francamente admirable. Esa gente rica que no trabaja en la administración tiene una lengua muy suelta. Continuó diciendo que ni la industria ni la agricultura pueden prosperar con el sistema actual que tenemos. Según él, las compañías deberían adquirir todo el territorio, dividirlo en parcelas y luego en lotes más pequeños para venderlos como propiedades individuales. Y si no se venden, simplemente se alquilan".

»"Cuando toda nuestra tierra esté en manos de sociedades extranjeras", decía, "será más sencillo fijar los precios de alquiler que nosotros queramos. De esta forma, el campesino tendrá que trabajar duro para sobrevivir y sabrá que puede ser expulsado si no cumple. Este miedo lo hará incluso más productivo, tres veces más productivo que ahora, que vive en comunidad y se burla de todo porque sabe que no pasará hambre. Con este nuevo sistema, el dinero fluirá hacia nosotros; la burguesía traerá capitales."

»Además, mencionó que *The Times*, ese importante periódico de Londres, escribió hace poco un análisis sobre nuestra prensa y señaló que la falta de capitales en Rusia se debe a que no tenemos una clase media sólida, grandes fortunas ni un proletariado productor.

»Ignaty Prokofyitch es un orador brillante. Incluso está planeando presentar un informe a las altas esferas y luego publicarlo en *El Mensajero*. Como ya ve, estamos muy lejos de los disparates y sinsentidos de Ivan Matveitch…

—De acuerdo, pero, ¿qué podemos hacer ahora por Ivan Matveitch? —lo interrumpí.

Hasta ese momento lo había dejado desvariar a su antojo, consciente de que era una de sus debilidades y de que disfrutaba demostrando que no estaba tan desinformado como algunos creían, sino que estaba al tanto de todo.

—¿Qué podemos hacer ahora por Ivan Matveitch? ¡Pero si todo lo que acabo de decir tiene que ver con él! Estamos haciendo todo lo posible para atraer el capital extranjero. ¿Y ahora que la fortuna del dueño del cocodrilo ha duplicado su valor gracias al percance de Ivan Matveitch, pretende que le abramos la barriga al pobre animal? ¿Eso le parece sensato?

Desde mi punto de vista, Ivan Matveitch, como buen patriota que es, debería sentirse orgulloso de haber contribuido a duplicar, ¡qué digo duplicar, triplicar!, el valor de un cocodrilo extranjero con solo su intervención. Con este éxito, no tardará en llegar otro comerciante con otro cocodrilo, y luego otro más y así sucesivamente. Estos animales atraerán capitales, y ahí tendrá usted el inicio de una burguesía. Todo lo que hagamos para fomentar este movimiento será insuficiente.

—¡Pero, Timofey Semyonitch! —exclamé—. Lo que usted espera de ese pobre hombre es una abnegación casi sobrehumana.

—Yo no le exijo nada —respondió con seriedad—, y le recuerdo que no soy su jefe. Como ya le advertí, no tengo autoridad para exigir nada en este asunto. Hablo solamente como patriota... Bueno, no como patriota, sino simplemente como un patriota que está preocupado por su país. Pero insisto: *¿Quién lo obligó a meterse dentro del cocodrilo?* Un hombre serio, funcionario de cierto rango, casado y con responsabilidades... ¿Qué sentido tiene meterse en semejante lío? ¿No le parece algo ridículo?

—¡Pero fue algo completamente fuera de su control! —protesté.

—¿Quién puede asegurarlo? Además, ¿de dónde sacaremos el dinero para indemnizar al dueño del cocodrilo?

—Bueno, contamos con el sueldo de Ivan Matveitch...

—¿Y será suficiente? Lo dudo mucho.

—¡Ah, no, Timofey Semyonitch! —exclamé con pesar—. Después del accidente, el dueño del cocodrilo estaba preocupado porque tenía miedo de que el animal reventara. Pero cuando comprobó que no corría ningún peligro, se volvió arrogante y, con una especie de placer perverso, duplicó el precio inicial que había exigido.

—¡Y ya verá usted qué pronto lo triplicará o incluso lo cuadruplicará! La gente acudirá en masa para ver la exposición, y esos domadores saben cómo sacar provecho. Además, recuerde que estamos en Carnaval, y todo el mundo busca algo de entretenimiento. Esa es una buena razón para que Ivan Matveitch conserve su anonimato y no tenga prisa por salir de ese curioso "alojamiento" donde está. Que se sepa que está dentro de un cocodrilo, pero de forma no oficial. Está en una posición privilegiada, ya que todos creen que está viajando por el extranjero. Aunque digan que está en el interior de un cocodrilo, nosotros podemos alegar completa ignorancia. Todo puede solucionarse. Lo más importante es que tenga paciencia. Después de todo, ¿a qué viene tanta prisa?

—¿Pero y qué pasa si...?

—No se preocupe: Ivan Matveitch tiene un temperamento robusto...

—Bien, ¿y qué pasará si sigue esperando?

—¡Ah! No le voy a decir mentiras: es una situación bastante complicada. Podría volver loco a cualquiera, y lo peor es que no hay precedentes. Si existiera algún caso similar, sería más sencillo encontrar una solución. Pero sin antecedentes, ¿cómo podemos tomar una decisión? Mientras buscamos una salida, el asunto inevitablemente se tendrá que prolongar...

Fue entonces cuando una idea brillante y salvadora cruzó por mi mente.

—¿No podríamos hacer algo para que, ya que tiene que quedarse dentro del cocodrilo y confiando en que Dios conserve su vida, Ivan Matveitch pudiera presentar una solicitud formal para que lo consideren en comisión de servicio?

—Ejem, ejem... Como si estuviera de licencia sin sueldo.

—¿Y no sería posible que también le pagaran su salario?

—¿Y bajo qué argumento le pagarían el salario?

—Como empleado en comisión.

—¿En comisión? ¿En dónde?

—Pues en las entrañas del cocodrilo, dentro de él... para recoger datos y estudiar de forma directa y precisa el terreno. Sería una innovación, sí, pero también un avance, una muestra de que el Estado se preocupa por el progreso de la ciencia.

Timofey Semyonitch se quedó pensativo durante un buen rato y luego respondió:

—Me parece que enviar a un empleado en comisión al interior de un cocodrilo sería algo completamente absurdo. No hay manera de justificarlo con las necesidades del servicio. ¿Qué clase de misión tendría que cumplir ahí dentro?

—Una misión de estudios naturales, si me permite expresarlo así; se trataría de observar la naturaleza de forma más directa. Ahora están muy de moda las ciencias naturales, la botánica... Ivan Matveitch podría residir dentro del cocodrilo y enviarnos informes sobre, por ejemplo, la digestión en los saurios o las costumbres internas que tienen estos animales. De este modo, podría recopilar una gran cantidad de datos.

—Ejem... Sí, datos estadísticos, claro. Aunque no estoy muy versado en esos temas... Además, no soy filósofo. Usted habla de datos, pero ya estamos saturados de ellos, no sabemos qué hacer con tantos datos. Y le digo una cosa más: esa estadística me parece un tanto peligrosa...

—¿Por qué le parece peligrosa?

—Porque simplemente lo es. Además, tiene que reconocer que Ivan Matveitch tendría que redactar esos informes acostado de lado. ¿Usted cree que en esa postura se puede prestar algún servicio útil? Sería una innovación demasiado arriesgada. ¡No hay precedentes! Si hubiera algún precedente, entonces sería otra cosa.

—Pero, ¿cómo va a haber precedentes si este es el primer cocodrilo vivo que traen a Petersburgo, Timofey Semyonitch?

—Ejem, ejem... Tiene usted razón, eso es cierto. Su observación es válida y podría servir como base para plantear toda esta cuestión. Sin embargo, también debe considerar que, si la llegada de estos cocodrilos vivos fomenta entre los empleados la idea de meterse dentro de ellos, y, con el pretexto de estar cómodos, comienzan a pedir comisiones para pasarse el tiempo tumbados sin hacer nada, sería un ejemplo bastante lamentable, ¿no le parece? Todos irían corriendo a meterse en la barriga de los cocodrilos para cobrar el sueldo sin tener que trabajar.

—¡Por favor, haga todo lo que esté en sus manos, Timofey Semyonitch! Ah, y a propósito, Ivan Matveitch me pidió que le pagara los siete rublos que le debe de la última partida que perdió.

—¡Ah, sí! Los perdió el otro día en casa de Nikifor Nikiforitch. Me acuerdo bien. ¡Y de qué buen humor estaba esa noche, cuánto nos hizo reír! Y ahora...

El anciano mostró un sincero gesto de emoción.

—Prométame que hará algo por él, Timofey Semyonitch.

—Haré lo que pueda. Hablaré en mi nombre, me las arreglaré como pueda... Haré que parezca que estoy pidiendo información. Y, ya que hablamos de esto, usted averigüe cuánto pide el dueño por el cocodrilo.

Era evidente que Timofey Semyonitch estaba comenzando a ablandarse.

—Lo haré —respondí—, y en cuanto lo sepa, vendré aquí a informarle.

—¿Y su esposa? Ahora que está sola... ¿Cómo se encuentra? ¿Se aburre?

—No estaría mal que usted le hiciera una visita, Timofey Semyonitch.

—¿Por qué no? Ya lo había pensado, y creo que esta es una muy buena oportunidad… Aunque, ¡qué idea! ¡Ir a visitar a un cocodrilo! Después de todo, yo también tengo intención de ir a verlo.

—Entonces vaya, Timofey Semyonitch.

—Iré, no lo dude. Pero dígale a Ivan Matveitch que no espere demasiado de mi visita. Lo haré como un acto personal, nada más. Hasta la vista, voy a casa de Nikifor Nikiforitch. ¿Usted va hacia allá también?

—No, yo tengo que visitar a nuestro cautivo.

—Eso, cautivo. ¡Ah, las cosas a las que puede llevar el atolondramiento!

Me despedí del viejo, y mi mente se llenó de pensamientos que bullían sin ningún descanso. Timofey Semyonitch era, sin duda, una persona de gran bondad y muy honesto; pero no pude evitar sentirme alegre al despedirme de él e, incluso, también un poco de satisfacción al recordar que ya había celebrado sus cincuenta años de servicio y que no existían demasiados hombres como él entre nosotros.

Por supuesto, no hace falta decir que me dirigí de inmediato y a toda prisa hacia el Pasaje, ansioso por compartir aquellas noticias con el pobre Ivan Matveitch. Además, sentía una enorme curiosidad por saber cómo estaba viviendo dentro del cocodrilo y cómo era posible sobrevivir en una situación tan insólita. De hecho, ¿era siquiera posible vivir dentro de un cocodrilo? A veces, realmente me parecía que todo aquello no era más que un sueño absurdo y monstruoso, especialmente considerando que el protagonista principal de esta historia era, precisamente, una criatura monstruosa y fuera de lo común.

III

Y aun así no, esto no era una pesadilla. Era una realidad innegable. De no ser así, ¿habría comenzado este relato?

Era ya algo tarde, cerca de las ocho, cuando llegué al Pasaje. Para entrar en la sala donde se exponía el cocodrilo, tuve que pasar por la escalera de servicio, porque el alemán había cerrado más temprano de lo habitual.

Vestido con un abrigo sucio y grasiento, el alemán paseaba de un lado a otro del local con una expresión más que satisfecha. Estaba claro que el negocio estaba yendo viento en popa: sin duda había recibido una buena afluencia de público. En ese momento apareció la madre, evidentemente para vigilarme, y de vez en cuando susurraba algo al oído del alemán. Este, a pesar de tener ya el local cerrado, me hizo pagar las veinticinco kopeks correspondientes. Llevaba su espíritu de orden al extremo.

—Tendrá usted que pagar cada vez que venga —dijo con aire solemne—. Sin embargo, mientras el público en general paga un rublo, usted sólo tendrá que pagar veinticinco kopeks, en reconocimiento de ser tan buen amigo de su amigo, algo que yo realmente valoro.

—¿Sigues vivo? ¿Todavía estás en este mundo, mi querido y sabio amigo? —exclamé acercándome a la bañera donde estaba el cocodrilo, esperando que mis palabras llegaran hasta Ivan Matveitch y halagaran su amor propio.

—Estoy vivo y sano —respondió con una voz apagada que sonaba como si viniera de debajo de una cama, aunque yo estaba justo encima de él—. Vivo y sano; pero ya hablaremos de eso más adelante. Ante todo, ¿cómo van nuestros asuntos?

Decidí fingir que no le había oído y continué con preguntas cargadas de compasión. Sentía que era mi deber, como amigo, informarme sobre cómo estaba y qué ocurría ahí dentro. Sin embargo, Ivan Matveitch me interrumpió con su tono autoritario habitual:

—¡Ve al grano!

Su débil voz me resultó particularmente desagradable en ese momento.

Le conté, con lujo de detalles, toda mi conversación con Timofey Semyonitch, esforzándome por transmitir en el tono de mi voz un ligero matiz de resentimiento.

—El viejo tiene razón —concluyó Ivan Matveitch con la brusquedad que siempre usaba conmigo—. Me gustan las personas prácticas y no soporto a los pusilánimes. Aunque debo admitir que tu idea de la comisión no es tan absurda como parece. En efecto, puedo hacer aquí observaciones muy interesantes, tanto desde el punto de vista científico como desde el moral... Pero este asunto está tomando un giro completamente inesperado, y ahora hay que preocuparse por algo más que el sueldo. Escucha atentamente. ¿Estás sentado?

—No, todavía sigo de pie.

—Pues siéntate en cualquier parte, aunque sea en el suelo, y escucha con atención.

Lleno de fastidio, tomé una silla y la coloqué en el suelo con un golpe seco.

—Escucha —continuó él, adoptando un aire de jefe—. Hoy ha venido un montón de gente al local. A eso de las ocho, mucho antes de lo habitual, el dueño decidió cerrar las puertas para contar el dinero recaudado y prepararse para mañana. Porque, créeme, esto mañana será una auténtica locura. Vendrán sin falta los hombres más sabios, las damas más elegantes, embajadores, abogados y muchas otras personas... Pero eso no será todo. Desde las provincias de nuestro extenso y fascinante imperio, ya comienzan a llegar curiosos hacia la capital. Aunque esté aquí escondido, mi presencia será imposible de ignorar; estoy destinado a ocupar un lugar central en todo este asunto. Tengo que contribuir a la educación de esa multitud ociosa. Guiado por la experiencia, daré un ejemplo de grandeza de espíritu y de aceptación de mi destino. Seré una especie de cátedra viva desde la que derramaré las palabras más sublimes. Y solo los datos científicos que ya he ido recopilando sobre el monstruo en el que habito son de un valor incalculable. Por eso, no solo no lamento todo este percance, sino que auguro que ejercerá una influencia muy favorable en mi futuro.

—¿Y no te vas a aburrir? —le solté, con malicia, irritado por su arrogancia y por el modo en que solo hablaba de sí mismo.

"¿Por qué este cabeza hueca usa palabras tan grandilocuentes?" —me pregunté, sintiéndome un poco desconcertado—. "¡Debería ponerse a llorar ahora mismo, en vez de estar presumiendo!".

—No me voy a aburrir —respondió con gravedad—. Ahora que por fin tengo tiempo, puedo dedicarme por completo a las grandes ideas y preocuparme por el destino de la humanidad. Desde este cocodrilo saldrán la verdad y la luz. No cabe duda de que desarrollaré una teoría económica por mí mismo, algo totalmente innovador; nuevas relaciones económicas que, con toda razón, serán motivo de orgullo. Antes no podía ocuparme plenamente de estas cosas, atrapado como estaba entre la oficina y las insignificantes distracciones del mundo cotidiano. Pero ahora voy a revolucionarlo todo; seré como otro Fourier. Por cierto, ¿le diste los siete rublos a Timofey Semyonitch?

—Sí, los pagué de mi propio bolsillo —contesté, tratando de transmitir con mi tono toda la magnitud que implicaba ese sacrificio.

—Vale, ya arreglaremos cuentas —replicó con altivez—.

Seguro que me aumentarán el sueldo. Porque si no me ascienden a mí, ¿a quién más van a ascender? Creo que van a obtener mucho de mí en el futuro. Pero volviendo ahora a los negocios: ¿y mi mujer?

—Te refieres a Elena Ivanovna, ¿verdad?

—¡A mi mujer! —exclamó, enfadado.

No me quedó más remedio que bajar la cabeza ante aquel hombre infernal. Humildemente, aunque rechinando los dientes de rabia, le conté cómo me había separado de su esposa. Pero no me dejó terminar y me interrumpió con impaciencia:

—Tengo planes muy concretos para ella. Si aquí me hago famoso, quiero que ella también sea célebre allá afuera. Los sabios, poetas, filósofos y mineralogistas que pasen por la ciudad; los hombres de Estado que vengan a conversar conmigo por las mañanas, deberán frecuentar su salón por las noches. Desde la próxima semana, tendrá que empezar a recibir visitas. Con el aumento de sueldo que voy a recibir, habrá suficiente para mantener la casa como corresponde. Aunque, pensándolo bien, con té y un par de criados será suficiente. Eso no debería ser un problema. Llevo tiempo esperando la oportunidad de dar que hablar; pero con mi salario miserable y mi posición insignificante, no había forma de lograrlo. Ahora que este cocodrilo me ha tragado, todo está resuelto.

»Ahora todo el mundo prestará atención a mis palabras. Cada frase mía, por pequeña que sea, será tema de discusión, correrá de boca en boca y terminará incluso en la imprenta. ¡Voy a ser conocido! Todos comprenderán al fin qué genio ha sido devorado por este monstruo. Algunos dirán: 'Si este hombre hubiera nacido en otro país, habría llegado a ministro. Tiene madera para gobernar un reino.' Otros lamentarán: '¡Y pensar que a alguien así no lo han puesto al frente del gobierno!' Francamente, ¿en qué soy inferior a un Garnier–Pagesishky o a cualquier otro como él?

»Mi mujer tiene que desempeñar también un papel clave en todo esto. Yo tengo el talento; ella, la belleza y el encanto. 'Se casó con ella porque es guapa', dirán unos; y otros corregirán: 'No, es guapa porque está casada con él.' En resumen: mañana mismo, Elena Ivanovna debe conseguir el *Diccionario Enciclopédico*, editado por Andrey Kraevsky, para poder hablar con soltura de cualquier tema. También debe leer el líder en política que es *El Mensajero de Petersburgo* y compararlo diariamente con lo que aparece en el de *La Voz*. Estoy seguro de que el dueño del cocodrilo no se opondrá a llevarme, junto con su bestia, al brillante salón de mi esposa, donde pienso lanzar frases ingeniosas que habré preparado desde la mañana. A los hombres de Estado les compartiré mis opiniones políticas, recitaré versos a los poetas, y con las damas seré amable y galante, sin inquietar a sus esposos. Pero, sobre todo, voy a ofrecer un ejemplo de aceptación del destino y de los designios de la Providencia. Haré de mi esposa una literata destacada; la impulsaré y me aseguraré de que el público la aprecie. Porque considero que mi mujer tiene cualidades excepcionales, y si con razón el ruso Andrey Alexandrovitch es comparado con Alfred de Musset, tendrían incluso mayor razón en denominarla a ella nuestra rusa Yevgenia Tour.

Confieso que, aunque ese sinsentido salvaje era algo habitual en el estilo de Ivan Matveitch, no pude evitar pensar que tenía fiebre y deliraba. Su vulgaridad parecía magnificarse como si la estuviera observando a través de una lente que multiplicara veinte veces, al menos, el tamaño de las cosas.

—Querido amigo, ¿acaso piensas vivir mucho tiempo de esta manera? —le pregunté—. Dime, ¿te encuentras bien?

¿Cómo vas a comer? ¿Cómo vas a dormir? ¿Puedes respirar sin problemas? Entiende que soy tu amigo y que el caso es lo suficientemente extraño como para justificar mi curiosidad.

—Una curiosidad bastante banal —respondió él, con aire sentencioso—. A pesar de ello, estoy dispuesto a satisfacer tus inquietudes. ¿Quieres saber cómo me las arreglo en las profundidades de este monstruo? Pues bien, para empezar, debo decirte que, con gran asombro, descubrí que este cocodrilo está completamente hueco. Me da la impresión de que estoy metido en una especie de gran saco de caucho, parecido a los que venden los tenderos en la calle Gorohovy en Morskaya, y, si no me falla la memoria, también en la Perspectiva Voznesensky. De otro modo, piensa un poco: ¿cómo habría podido entrar aquí dentro?

—¿Es en serio? —exclamé, con una estupefacción completamente natural—. ¿Quieres decir que este cocodrilo está totalmente vacío por dentro?

—Sí, tal y como te lo digo —confirmó Ivan Matveitch con una gravedad extrema—. Es muy posible que las propias leyes de la naturaleza hayan dispuesto que sea así. El cocodrilo se compone, básicamente, de una gran boca con dientes afilados y una cola bastante larga. Por dentro, en el espacio que conecta esos dos extremos, no hay más que un gran vacío cubierto por una sustancia parecida al caucho, que seguramente lo es.

—¿Y qué pasa con los pulmones, el estómago, los intestinos, el hígado o el corazón? —le interrumpí, visiblemente exasperado.

—Pues no tiene nada de eso. Aquí no hay ni rastro de esas cosas, y probablemente nunca las hubo. Esas ideas no son más que prejuicios basados en los relatos fantasiosos de viajeros poco serios. De la misma manera que inflamos de aire una pelota, yo estoy llenando con mi cuerpo el vacío de este cocodrilo, que, además, es elástico hasta límites que ni se pueden imaginar. Por eso, querido amigo, tú mismo podrías venir aquí a hacerme compañía si fueras lo suficientemente generoso y valiente. Aquí dentro hay espacio de sobra para ti. Y, llegado el caso, incluso pienso en traerme a Elena Ivanovna.

»Después de todo, este descubrimiento encaja perfectamente con las enseñanzas de las ciencias naturales. Porque, suponiendo que pudieras diseñar un nuevo cocodrilo, lo primero que deberías preguntarte entonces sería: *'¿Cuál es la función principal de un cocodrilo?'*. La única respuesta lógica, evidentemente, sería: *'Tragarse a los hombres.'* ¿Y qué forma debe tener un cocodrilo para cumplir lo mejor posible con esa función de engullir a los humanos? Pues, obviamente, debe tener espacio en su interior, lo que implica que debe estar hueco.

»Sin embargo, como hace tiempo nos enseñó la física, es bien conocido que la naturaleza aborrece el vacío. Por lo tanto, el interior del cocodrilo debe estar hueco al inicio, pero no puede permanecer así de forma indefinida. Es necesario que se trague todo lo que encuentre a su paso para rellenarlo. Esa es, sin duda, la única explicación plausible para la voracidad de los cocodrilos.

»Claro que hay algunas excepciones. Entre los seres vivos, por ejemplo, cuanto más hueca es la cabeza de un hombre, menos parece que necesita llenarla. Pero esa es la única excepción a la regla general que acabo de enunciar. Todo esto ahora me resulta tan claro como la luz del día. Lo he comprendido únicamente gracias a mi talento y a la experiencia que he adquirido al sumergirme, por así decirlo, en las profundidades de la naturaleza. Es como si me hubiera adentrado en su laboratorio secreto, donde crea sus misterios, escuchando el latido de su corazón.

»Y fíjate que incluso la etimología me da la razón. El nombre de 'cocodrilo' refleja perfectamente su voracidad. Cocodrilo es una palabra de origen italiano, seguramente contemporánea de los antiguos faraones de Egipto, y deriva del verbo francés *croquer*, que tiene por significado "comer" y "nutrirse".

»Todo esto que te estoy contando ahora también me propongo a explicarlo en mi próxima conferencia en el salón de Elena Ivanovna, a donde pediré que me lleven en mi bañera".

—Querido amigo y pariente, ¡en algún momento necesitarás evacuar! —exclamé, sin poder contenerme, pensando, no sin espanto, que mi amigo sufría de una fiebre altísima.

—¡Qué tontería! —respondió con tono despectivo—. ¿Cómo voy a tener que evacuar en esta situación? Ya me imaginaba que ibas a salir con un comentario de ese estilo.

—Pero, amigo mío, ¿cómo te puedes sostener? ¿Has comido algo hoy?

—No. Pero la verdad es que no tengo apetito, y es muy probable que no vuelva a necesitar comer nunca más. Lo que es lógico: al llenar con mi cuerpo todo el espacio interior de este cocodrilo, lo dejo en un estado de saciedad absoluta. Podría pasar años, incluso, sin comer nada. Y mientras yo le proporciono esa saciedad, él, por su parte, me transmite todos los jugos vitales de su cuerpo, nutriéndome. ¿No has escuchado eso de que algunas mujeres presumidas se aplican trozos de carne cruda en la cara durante la noche, como si fueran compresas, para que la sangre las haga lucir más frescas y atractivas después del baño matinal? Pues aquí ocurre algo similar. Yo alimento al cocodrilo con mi presencia, pero también recibo de él mi propio sustento. Es un intercambio mutuo.

»Aun así, como sería difícil incluso para un cocodrilo digerir a alguien como yo, seguramente está sintiendo ahora mismo una gran pesadez en el estómago... que, por cierto, no tiene. Por eso, para no incomodarlo en lo más mínimo, evito moverme. Podría hacerlo, pero me abstengo por simple consideración. Ese es el único inconveniente de mi situación. Timofey Semyonitch tiene razón al llamarme, de forma figurativa, un holgazán. Pero voy a demostrar que se puede cambiar la suerte de la humanidad incluso desde una posición tan reclinada. Es más, solo en esta postura se logran los mayores avances.

»Dime, ¿acaso no son los ociosos los que generan las grandes ideas, las revoluciones intelectuales de las que tanto se enorgullecen nuestros diarios y revistas? Por eso se dice, y con mucha razón, que esas publicaciones son como laboratorios. Pero eso no importa ahora. Estoy construyendo desde cero un sistema social completo y totalmente nuevo. No tienes ni idea de lo sencillo que es. Solo hace falta aislarse un poco, ya sea en un rincón apartado o dentro de un cocodrilo, por ejemplo, y mantener los ojos cerrados. Y así, enseguida se descubre el paraíso de la humanidad.

»Hace un rato, mientras tú estabas ausente, comencé a idear sistemas, y de inmediato se me ocurrieron tres. Ahora mismo estoy trabajando en el cuarto. Es verdad que, para lograrlo, primero hay que derribar todo lo existente, pero ¿qué podría ser más sencillo desde dentro de un cocodrilo? Además, aquí adentro se ve el mundo con una claridad sorprendente... Aunque, claro, mi situación tiene pequeños inconvenientes. El interior del cocodrilo es frío y viscoso; además, huele un poco a resina. A veces siento como si tuviera unas botas viejas justo debajo la nariz. Pero esas molestias son mínimas, no hay nada más de qué quejarse.

—Ivan Matveitch —le dije—, lo que me cuentas es tan increíble que me cuesta trabajo creerlo. ¿De verdad tienes intención de no volver a probar bocado en toda tu vida?

—¡Qué tontería, qué cabeza de chorlito eres! ¿Cómo puedes preocuparte por esas nimiedades? Yo solo pienso en desarrollar grandes ideas, mientras tú... Pues ten presente que estas grandes ideas, que han iluminado las tinieblas en las que estaba sumido, me sacian más que cualquier comida.

»De todos modos, nuestro amable domador ya se ha ocupado de este asunto junto con su excelente madre. Ambos han decidido introducir, cada mañana, un tubo curvado por la boca del cocodrilo para que yo pueda tomar café o comer alguna sopa. Ya lo han mandado a fabricar, aunque yo lo considero totalmente innecesario. Planeo vivir al menos mil años, si es cierto que los cocodrilos alcanzan esa longevidad. Infórmate de eso mañana mismo, por favor, porque podría estar confundiendo al cocodrilo con otro animal.

»Lo único que sinceramente me preocupa es que, vestido de lana como estoy y con las botas puestas, es probable que el cocodrilo no pueda digerirme del todo. Pero me inquieta que el tejido de mi traje, que es de fabricación rusa, no resista mil años dentro de este monstruo. Si llegara a deshacerse, perdería por completo mi protección y correría el riesgo de ser digerido, por más que me opusiera a ello. Durante el día podría defenderme, pero por la noche, cuando el sueño vence la voluntad del hombre, ¿no estaría expuesto a ser asimilado como si fuera una patata, un churro o un trozo de estofado? Ese pensamiento sí que me saca de quicio.

»Por eso, aunque solo sea para evitar esa posibilidad, sería conveniente ajustar los aranceles aduaneros y proteger la importación de paños ingleses, que son más resistentes que los nuestros. Estos podrían soportar mejor las fuerzas digestivas de la naturaleza si uno, por casualidad, terminara dentro de un cocodrilo.

»En cuanto tenga la oportunidad, compartiré esta idea con algún político y con los lectores de nuestros principales diarios, para generar un movimiento de opinión. Estoy seguro de que puedo ser útil en muchas otras cosas. No tengo dudas de que cada mañana acudirán multitudes de curiosos dispuestos a pagar veinticinco kopeks para escuchar mis reflexiones sobre las últimas noticias. En resumen, el futuro se me presenta lleno de promesas.

"¡Está delirando, está delirando!", pensé para mis adentros. Sin embargo, para ponerlo a prueba, le dije en voz alta:

—¿Y qué pasa con la libertad, amigo mío? Ahora mismo estás como en una cárcel. ¿Acaso no es la libertad el bien más preciado del ser humano?

—¡Qué necio eres! —me respondió—. Es cierto que los salvajes valoran la independencia, pero los verdaderos sabios aprecian el orden por encima de todo, porque sin orden...

—¡Por favor, Ivan Matveitch!

—¡Cállate y escucha! —gritó, furioso por mi interrupción—. Nunca me he sentido nada tan fuerte como ahora. En mi reducido refugio, lo único que temo es la crítica feroz de los grandes periódicos y los comentarios mordaces de las hojas satíricas. Me preocupa que los imprudentes, los tontos, los envidiosos, y en general los nihilistas, se rían de mí. Pero voy a tomar mis precauciones. Estoy esperando con ansias el juicio que la opinión pública, especialmente la prensa, hará de mí a partir de mañana. Tú tendrás que mantenerme informado de todo.

—¡Está bien! Mañana te traeré una pila de periódicos.

—Sería prematuro esperar que los periódicos hablen de esto mañana, pues las noticias suelen tardar unos cuatro días en publicarse. Sin embargo, a partir de hoy, vendrás todas las tardes por la puerta de servicio. Me vas a leer los periódicos y revistas, luego te dictaré mis pensamientos y te daré algunos encargos. No olvides traerme todos los telegramas de Europa. Pero ya basta por hoy. Ya estarás cansado. Vete a tu casa y no te preocupes por lo que te he dicho sobre la crítica. No la temo, porque ella también está en una situación bastante crítica. Mientras me conserve sabio y virtuoso, estaré como elevado sobre un pedestal. Si no llego a ser Sócrates, seré Diógenes, o quizás ambos a la vez. Mi misión en el futuro es tan grande que la humanidad, ya te digo, no sabrá qué hacer conmigo.

Así hablaba Ivan Matveitch, con un espíritu tan superficial como obstinado. Ciertamente, estaba completamente febril, como esas mujeres de carácter débil que no pueden guardar un secreto. Todas sus afirmaciones sobre el cocodrilo me parecían muy exageradas. A ver, ¿realmente el cocodrilo podría estar vacío? Apostaría a que todo eso eran fanfarronadas de un hombre vanidoso que, sobre todo, intentaba humillarme.

Sabía que estaba enfermo, y con los enfermos hay que ser condescendientes. Sin embargo, debo confesar que no soportaba a Ivan Matveitch. Desde niño, tuve que aguantar su constante tutela. Mil veces quise ponerle fin, pero siempre alguna circunstancia me hacía volver a su lado, como si esperara finalmente convencerlo de algo y vengarme por todo lo que me hacía sufrir. ¡Qué extraña amistad, de la cual puedo decir con certeza que nueve de cada diez partes eran puro odio! No obstante, esta vez nos despedimos cordialmente.

—Su amigo es un hombre muy inteligente —me dijo el alemán, que había escuchado toda nuestra conversación mientras me acompañaba hasta la puerta.

—Y a propósito de eso —le dije, antes de que se me olvidara—, ¿cuánto pediría usted por el cocodrilo si alguien se lo quisiera comprar?

Ivan Matveitch, que había escuchado la pregunta, aguardó con mucho interés la respuesta. Estaba claro que le habría molestado que el alemán mencionara una suma pequeña. Al menos, tosió de manera bastante significativa.

El alemán, al principio, no quiso hablar del asunto y hasta pareció ligeramente molesto.

—¡Que nadie se atreva a pedirme que le venda mi cocodrilo! —exclamó furioso, poniéndose tan rojo como un cangrejo—. ¡No quiero deshacerme de mi cocodrilo! No lo vendería ni por un millón de táleros. Solo hoy me ha producido ciento treinta táleros en taquilla. ¡Y tiene que valerme diez mil, o incluso cien mil!

Ivan Matveitch se echó a reír. Yo, con esfuerzo, me mantuve tranquilo. Con la serenidad de quien cumple con los deberes de la amistad, le señalé al alemán la falsedad de sus cálculos. A lo sumo, si ganara cien mil táleros diarios, en menos de cuatro días todo Petersburgo habría pasado por el local. Después de eso, el negocio se acabaría, sin contar que nuestra vida estaba colgando de un hilo. El cocodrilo podría enfermar o Ivan Matveitch podría morir, entre otros riesgos.

El alemán reflexionó por un momento y luego respondió:

—Le pediré unas gotas al boticario y así su amigo no morirá.

—Eso de las gotas —le dije— está muy bien. Pero tenga en cuenta que también podría haber un proceso judicial. ¿Y si la esposa de Ivan Matveitch decide reclamar la devolución de su esposo legítimo? Usted quiere hacerse rico, pero ¿está dispuesto a pagar una pensión a Elena Ivanovna?

—¡Ni pensarlo! —respondió el alemán con voz firme y resuelta.

—¡No, ni hablar! —añadió, furiosa, la madre.

—Entonces, ¿no les sería más conveniente aceptar una suma razonable y segura desde ahora, en lugar de confiar en beneficios que son inciertos? Después de todo, debo aclarar que solo les hago esta pregunta por mera curiosidad.

El alemán, tras deliberar un rato con su madre, la llevó a

un rincón del local donde había un armario que contenía el mono más grande y feo de la colección.

—¡Ya lo verás! —me dijo Ivan Matveitch.

De buena gana habría atacado a golpes al alemán y su madre, y sobre todo a Ivan Matveitch, cuya desmesurada ambición me indignaba profundamente. Pero ¿qué decir de la respuesta del astuto alemán?

Siguiendo el consejo de su madre, el alemán exigió como precio del cocodrilo cincuenta mil rublos en bonos del último préstamo ruso con cupones de lotería adjuntos, una casa de mampostería en la calle Gorohovy, con una farmacia incorporada, y, encima, los galones de coronel.

—¡Ya lo ves! —exclamó triunfante Ivan Matveitch—. ¡Ya te lo decía yo! Aparte de su última exigencia, ese nombramiento de coronel, que es una pretensión realmente absurda, tiene toda la razón, porque sabe reconocer el valor actual de su cocodrilo. ¡Primero que todo, hay que pensar en el aspecto económico!

—¡Vamos! —le grité, furioso, al alemán—. ¿Cómo se atreve a pedir esos galones de coronel? ¿Qué hazañas ha hecho usted para merecerlos? ¿Dónde está su hoja de servicio? ¿Dónde ha ganado algo de gloria militar? ¿O es que acaso está loco?

—¿Loco yo? —respondió el alemán, ofendido—. Yo soy un hombre sensato, y el único tonto aquí eres tú. ¿No te parece suficiente mérito para ser coronel el hecho de tener un cocodrilo que contiene a un consejero de la Corte, ¡vivo y entero!? A ver, ¿quién más en Rusia tiene un cocodrilo como este? Soy un hombre de renombre, y no veo por qué no habrían de nombrarme coronel.

—Adiós, Ivan Matveitch —exclamé, lleno de rabia, y echando a correr.

Si me hubiese quedado allí un minuto más, no habría

podido controlarme. La absurda ambición de esos dos idiotas era simplemente insoportable. El aire fresco de la calle me ayudó a calmar un poco mi enojo. Después de escupir varias veces en todas direcciones, paré un coche, y, cuando llegué a casa, me desnudé y me metí en la cama. Lo que más me enfurecía era tener que convertirme en el secretario de Ivan Matveitch. ¡A partir de ahora, para cumplir con los deberes de un buen amigo, tendría que convertirme en un tonto y morir de aburrimiento todas las tardes! Sentía ganas de pelear con alguien y golpearme, así que después de apagar la vela, me di algunos golpes en la cabeza y en otras partes del cuerpo. Eso me alivió un poco y acabé quedándome dormido profundamente, porque estaba agotado. Durante toda la noche no soñé con otra cosa que, con monos, excepto hacia la madrugada, que soñé con Elena Ivanovna.

IV

No me costó trabajo entender que los monos de mis sueños eran una asociación a los monos que provenían de la jaula del alemán, pero lo de Elena Ivanovna era una historia completamente diferente. Para ser claro y decirlo de una buena vez: yo la amaba, pero con un afecto paternal, nada más. Esto lo concluí porque muchas veces había sentido la necesidad de darle un beso en la frente o en las mejillas, que eran tan suaves y rosadas. Y aunque nunca lo hice, debo admitir que no habría rechazado besarle los labios. Y no solo en la boca, sino también en esos pequeños dientes que parecían una hilera de cuentas de aljófar cada vez que reía… lo cual ocurría con bastante frecuencia.

Cuando se relajaba, Ivan Matveitch la llamaba su "querida absurdidad", un apodo bastante acertado. Era, en definitiva, una mujer encantadora, pero me costaba entender por qué Ivan Matveitch quería convertirla en una especie de Yevgenia Tour rusa. De todos modos, mis sueños, a pesar de los monos, me habían dejado una buena impresión. Aquella mañana, con una taza de té frente a mí, repasando con detalle todo lo que había sucedido el día anterior, decidí pasar por casa de Elena Ivanovna antes de ir a la oficina. Después de todo, era mi deber como amigo de la familia.

En una habitación diminuta junto a su alcoba, que llamaban "el saloncito" (aunque el salón grande tampoco era gran cosa), estaba Elena Ivanovna sentada en un hermoso canapé, frente a una mesita baja. Llevaba una bata vaporosa y estaba disfrutando de una tacita de café. Estaba preciosa, pero se veía preocupada.

—¡Ah, eres tú, pillín! —exclamó, sonriendo distraída—. Siéntate conmigo, atolondrado, y toma un poco de café. ¿Qué hiciste ayer, puedes contarme? ¿Fuiste al baile de máscaras?

—¿Por qué? ¿Tú fuiste? Yo no fui, ya lo sabes. Además, ayer estuve visitando a nuestro cautivo...

Solté un suspiro y puse cara de preocupación, mientras tomaba un sorbo de café.

—¿Quién? —preguntó ella—. ¿Qué cautivo? Ah, sí, ya sé, ¡pobre chico! ¿Se está aburriendo mucho?... Sabes, quería preguntarte algo... Supongo que ahora, dada la situación, podría conseguir el divorcio, ¿no es cierto?

—¡¿El divorcio?! —exclamé, tan indignado que estuve a punto de derramar el café. Pensaba para mis adentros con rabia: "Seguro lo dice por el moreno".

Efectivamente, había un hombre, moreno y con bigotes, que solía frecuentar la casa y hacía reír mucho a Elena Ivanovna. Yo lo detestaba, y me imaginaba que había estado en el baile de máscaras la noche anterior, diciéndole un montón de tonterías al oído.

—Mira —dijo ella rápidamente, como si estuviera repitiendo algo que había aprendido de memoria—, lo más seguro es que se quede para siempre dentro del cocodrilo; y si es así, ¿por qué voy a quedarme yo esperando por él? Creo que todo marido debe estar en su casa, no dentro de un cocodrilo.

—Pero eso fue un contratiempo completamente ajeno a su voluntad —dije, intentando mostrar algo de comprensión.

—¡Ah! ¡No, déjate de historias! —exclamó ella, molesta—. ¡Siempre me llevas la contraria, malo! Ya sabes que nunca vamos a estar de acuerdo. No quiero escuchar sus consejos. Los extraños me dicen que sólo es necesario alegar que Ivan Matveitch se va a quedar sin trabajo y que así puedo conseguir el divorcio.

—¡Elena Ivanovna! ¿Es usted quien está hablando así? —exclamé con tono dramático—. ¿Quién es el malvado que le ha metido esas ideas en la cabeza? Sepa que es imposible obtener el divorcio por algo tan trivial como la suspensión del salario. ¡Y ese pobre Ivan Matveitch, que aún se consume de amor por usted, dentro de su cocodrilo! ¡Se derrite como un terrón de azúcar! Anoche, mientras usted se divertía en el baile, me dijo que, en un caso extremo, estaba dispuesto a llevársela como su esposa legítima al interior del cocodrilo, ya que hay espacio suficiente para dos personas, incluso para tres...

Entonces, le conté todo lo que Ivan Matveitch me había dicho el día anterior.

—¡¿Cómo?! —saltó, completamente sorprendida—. ¿Usted quiere que, encima de todo, me meta allí con él en el cocodrilo? ¡¿Eso me está pidiendo?! ¡Pero qué idea más ridícula! ¿Cómo voy a meterme allí dentro de un cocodrilo con mi sombrero y mi crinolina? ¡Dios mío, eso es completamente

absurdo! ¿Qué pensarían de mí si me vieran entrar al cocodrilo? ¡Y cómo me las arreglaría para comer allí dentro... y
para...? ¡Vaya, qué horror! Y encima, ¿usted dice que apesta
a caucho? ¡Tendría que estar pegada a él incluso si nos pu-
siéramos a discutir o nos enzarzáramos en alguna pelea! ¡No,
por favor, qué suplicio!

—Entiendo, entiendo, querida Elena Ivanovna —la interrumpí con la vehemencia natural de quien sabe defender
la verdad—, pero no se da cuenta de algo importante: él no
puede vivir sin usted, pues él está reclamando su compañía.
Eso demuestra la pasión y la fidelidad de su amor... Usted
no ha sabido apreciar el amor que él le tiene, querida Elena
Ivanovna.

—¡Basta ya de cuentos sinsentido! ¡No quiero escucharlo!
¡No pienso escucharle! —gritaba, haciendo gestos con su
manita tan bonita, con las uñas rosadas y brillantes—. ¡Va a
conseguir que me ponga a llorar, usted malo! Por qué no va
usted y se mete allí con él en el cocodrilo, si tan buena idea
le parece. Es su amigo, ¿no? Vaya y acuéstese allí con él, por
consideración a la amistad, y pase el resto de su vida discutiendo con él sobre cosas aburridas y absurdas...

—Está cometiendo un grave error al referirse a ese pro-
blemita de él con tanta burla —le respondí, interrumpién-
dola con seriedad, mientras observaba a aquella mujercita
que era tan superficial—. Ivan Matveitch me ha invitado a
hacerle compañía. Para usted, esto sería simplemente cumplir con su deber, pero para mí sería un acto de completa
generosidad. Ayer, al explicarme la sorprendente elasticidad
de las paredes de ese cocodrilo, Ivan Matveitch me dejó claro
que no sólo habría espacio para ustedes dos, sino incluso
para mí, como amigo cercano de la casa. Y si acepto, podríamos acomodarnos los tres allí sin problemas. Y para tal fin...

—¿Cómo que los tres? —exclamó Elena Ivanovna, mirándome con evidente sorpresa—. Pero... ¿vamos a estar metidos los tres allí juntos? ¡Ja, ja, ja! ¡Qué tontos son ustedes! ¡Ja, ja, ja! Pasaría el tiempo entero dándoles arañazos por ser tan malos. ¡Ja, ja, ja! ¡Ja, ja, ja!

Y echándose atrás en el canapé, se echó a reír con tanta fuerza que incluso se le saltaron las lágrimas. Su risa y su llanto eran tan encantadores y atractivos que no pude evitar acercarme y empezar a besarle las manos, a lo que ella no opuso ninguna resistencia, tirándome de las orejas en señal de reconciliación. Eso nos hizo sentir tan felices, y yo le conté con todo lujo de detalles todos los planes de Ivan Matveitch. La idea de las recepciones de personajes ilustres y famosos en su salón fue lo que más le encantó.

—Lo único es que —comentó—, necesitaré muchos trajes nuevos, y sería urgente que Ivan Matveitch me enviara una cantidad decente de dinero lo antes posible.

Luego, se quedó pensativa y añadió:

—Pero... ¿cómo vamos a hacer para traerlo en su bañera? Eso sería ridículo. No quiero que vean a mi marido dentro del cocodrilo dentro de la bañera. Me daría mucha vergüenza delante de mis invitados... ¡No quiero, no quiero! Me niego rotundamente.

—Por cierto, ahora que lo pienso: ¿no vino anoche Timofey Semyonitch a visitarla?

—Sí, estuvo aquí conmigo un rato. Hizo todo lo posible por consolarme, y se pasó la velada jugando a las cartas. Cuando él perdía, me daba bombones, y cuando yo perdía, me besaba las manos. ¡Qué pillín! Y por poco y no se vino conmigo a acompañarme al baile de máscaras. Así de loco estaba.

—Un entusiasmo más que comprensible —respondí—, pero ¿quién no se va a entusiasmar con usted, que es una hechicera?

—Bueno, bueno; míralo, ahora vuelve con sus cumplidos. ¡Espere, que antes de que se vaya le voy a dar un pellizco! Sé cómo hacerlo muy bien. Pero dígame una cosa: ¿le ha hablado mucho Ivan Matveitch de mí?

—No; no mucho... Dijo que lo que más le preocupa ahora es el futuro de la humanidad, y quiere...

—Bueno, bueno, déjalo, no es necesario que siga. Estoy segura de que todo eso debe ser muy aburrido. Un día de estos iré a verlo... Mañana, sin falta, puede ser... Hoy no, me duele la cabeza y habrá mucha gente allí... Dirían a sus espaldas: "¡Ahí está su mujer!" Y a mí me daría mucha vergüenza... ¡Adiós! ¿Usted se pasará por allí esta tarde?

—Sí. Me encargó que le llevase los periódicos.

—Perfecto. Pues vaya hasta allá y póngase a leerle la prensa. No hace falta que regrese hoy por aquí, porque no me siento bien... Quizá salga a hacer algunas visitas... ¡Adiós, pillín!

"Bueno —pensé—, no hace falta preguntar si el hombre moreno vendrá esta tarde". En la oficina, como era de esperar, no dejé que mis inquietudes se notaran en lo más mínimo. Pero pronto me di cuenta de que varios de los periódicos más progresistas circulaban de mano en mano, y mis compañeros los leían con gran atención. El primero en llegar a mis manos fue *La Gaceta*, un diario sin una orientación política definida, pero con tendencias humanitarias, y, aunque mis compañeros lo leían, lo trataban con algo de desdén. Esto fue lo que leí con sorpresa:

Ayer, extraños rumores recorrían las amplias avenidas y los majestuosos edificios de nuestra vasta metrópoli. Un conocido bon vivant de la alta sociedad, probablemente cansado de la cocina de Borel y del Club X, se dirigió al Pasaje, al lugar donde se exhibía un inmenso cocodrilo traído recientemente a la ciudad, e insistió en que se le preparara para su cena. Tras nego-

ciar con el propietario, se dispuso de inmediato a devorar al cocodrilo (no al propietario, un alemán apacible y extremadamente meticuloso), cortando jugosos trozos del animal vivo con su cortaplumas y tragándolos con sorprendente rapidez. Poco a poco, el cocodrilo desapareció por completo en las profundidades del estómago del comensal, quien incluso estuvo a punto de atacar a un icneumón, compañero habitual del cocodrilo, probablemente imaginando que también sería sabroso. De ninguna manera nos oponemos a este nuevo artículo culinario, que desde hace tiempo es bien conocido por los gastrónomos extranjeros. De hecho, hemos pronosticado que este alimento llegaría. Los lores y viajeros ingleses organizan regularmente expediciones para cazar cocodrilos en Egipto y consumen la parte trasera del animal, preparada como un filete, acompañado de mostaza, cebolla y papas. Por su parte, los franceses, seguidores de Lesseps, prefieren las patas, cocidas en cenizas calientes, aunque esta preparación suele ser objeto de burla por parte de los ingleses. Probablemente, ambos métodos serían apreciados entre nosotros. Nosotros, por nuestra parte, nos alegramos de esta nueva rama de la industria, tan necesaria para nuestra gran y variada patria. Es muy probable que, antes de un año, los cocodrilos lleguen por cientos para reemplazar al primero, que terminó en el estómago de un gastrónomo petersburgués.

¿Y por qué no aclimatar al cocodrilo aquí, en Rusia? Si el agua del Neva resulta demasiado fría para estos interesantes visitantes, hay estanques en la capital y ríos y lagos en sus alrededores. ¿Por qué no criar cocodrilos, por ejemplo, en Pargolovo o en Pavlovsk, o en los estanques Priesnensky y Samoteka de Moscú? Además de proporcionar un alimento nutritivo y agradable para nuestros exigentes gastrónomos, podrían también entretener a las damas que pasean por esos estanques y servir para instruir a los niños en historia natural. La piel de cocodrilo podría utilizarse para fabricar joyeros, cajas, estuches para ciga-

rros, carteras, y, quizás, incluso para guardar billetes grasientos
que tanto aprecian los comerciantes. Sin duda, volveremos a
tratar este interesante tema en más ocasiones.

Aunque ya me esperaba algo así, la imprecisión de esta
información me molestó mucho. Al no saber a quién confiar
mis pensamientos, miré a Prohor Savvitch, que estaba sentado justo frente a mí. Fue entonces cuando noté que llevaba
un ejemplar de *La Voz* en la mano, como si estuviera a punto
de dármelo para leer. Sin decir palabra, tomó *La Gaceta* que
yo le ofrecía y me mostró *La Voz*, señalando con el dedo un
artículo al que quería que prestara especial atención. Prohor
Savvitch era un tipo bastante peculiar. Viejo, soltero, apenas
se relacionaba con ninguno de nosotros, y rara vez hablaba.
Siempre tenía algo que decir sobre cualquier tema, pero no
se atrevía a decírselo a nadie. Vivía solo, y casi ninguno de
nosotros había puesto nunca los pies en su casa.

Esto era lo que decía el artículo de *La Voz*, que Prohor
Savvitch subrayaba con la uña:

Todos sabemos que somos progresistas y humanitarios, y que
aspiramos a estar a la altura de Europa en este aspecto. Sin embargo, a pesar de todos nuestros esfuerzos y de los de nuestro periódico, seguimos estando lejos de alcanzar la madurez, como lo
demuestra el impactante incidente ocurrido ayer en el Pasaje, el
cual habíamos pronosticado hace tiempo.

Un extranjero llegó a la capital trayendo consigo un cocodrilo que comenzó a exhibir en el Pasaje. Nos apresuramos de
inmediato a celebrar esta nueva rama de industria útil, tan necesaria para nuestra poderosa y diversa patria. Pero, de pronto,
ayer a las cuatro de la tarde, un caballero de notable corpulencia entró en el establecimiento del extranjero en estado de embriaguez, pagó su entrada y, sin previo aviso, saltó directamente

a las fauces del cocodrilo, que, por mero instinto de conservación y para evitar ser aplastado, no tuvo más remedio que tragárselo. Una vez dentro del cocodrilo, el desconocido se quedó dormido inmediatamente.

Ni los gritos del propietario extranjero, ni los lamentos de su aterrada familia, ni las amenazas de llamar a la policía lograron el menor efecto. Desde el interior del cocodrilo no se escuchaba nada más que risas y la promesa de "desollarlo" (sic), mientras el pobre animal, obligado a ingerir semejante bocado, derramaba lágrimas inútiles. "Un invitado no deseado es peor que un tártaro", dice el proverbio, pero, a pesar de ello, el insolente visitante se negó a salir.

No sabemos cómo explicar incidentes tan bárbaros, que evidencian nuestra falta de cultura y nos deshonran ante los ojos de los extranjeros. Una vez más, el temperamento temerario de los rusos encuentra una nueva vía de expresión. Se podría preguntar: ¿cuál fue el objetivo de este visitante no deseado? ¿Buscaba acaso un refugio cálido y cómodo? Pero en la capital hay muchas casas excelentes con alojamientos económicos y confortables, con agua del Neva, escaleras iluminadas con gas y, frecuentemente, un portero mantenido por el propietario.

Llamamos la atención de nuestros lectores sobre el trato bárbaro infligido a los animales domésticos. Resulta, naturalmente, difícil para el cocodrilo digerir tal masa de una sola vez, y ahora yace hinchado como una montaña, esperando la muerte entre dolores insoportables. En Europa, las personas culpables de crueldad hacia los animales domésticos han sido castigadas por la ley desde hace mucho tiempo. Pero, a pesar de nuestra iluminación europea, de nuestras aceras europeas y de la arquitectura europea de nuestras casas, todavía estamos lejos de dejar atrás nuestras viejas tradiciones.

"Las casas serán nuevas, pero las convenciones son antiguas."

Y, en efecto, ni siquiera las casas son realmente nuevas, al menos no sus escaleras. Hemos señalado en más de una ocasión en nuestro periódico que, en el lado de Petersburgo, en la casa del comerciante Lukyanov, los escalones de la escalera de madera se han podrido y caído, representando desde hace tiempo un peligro para Afimya Skapidarova, una esposa de soldado que trabaja en la casa y que a menudo se ve obligada a subir y bajar con baldes de agua o brazos llenos de leña. Finalmente, nuestras advertencias se cumplieron: ayer por la noche, a las ocho y media, Afimya Skapidarova cayó con una sopera de sopa y se rompió una pierna.

No sabemos si Lukyanov arreglará ahora su escalera; los rusos suelen demostrar ser bastante sabios justo después de que ocurre un accidente. Mientras tanto, la víctima de la negligencia rusa ya ha sido llevada al hospital. Del mismo modo, nunca dejaremos de insistir en que los porteros, al limpiar el barro de las aceras de madera en el lado Viborgsky, no deberían salpicar las piernas de los transeúntes, sino acumular el barro en montones, como se hace en Europa", y así sucesivamente.

—¿Qué es esto? —pregunté, algo desconcertado, mirando a Prohor Savvitch—. ¿Qué significa todo esto?

—¿A qué te refieres?

—¡Vaya! ¿Es en serio? En lugar de compadecer a Iván Matvéich, ¡compadecen al cocodrilo!

—¿Y qué tiene de raro? También se compadece a las bestias y a los mamíferos. Tenemos que estar a la altura de Europa, ¿no? Allí también tienen un sentimiento muy cálido hacia los cocodrilos. ¡Je, je, je!

Dicho esto, el peculiar Prohor Savvitch se sumergió en sus papeles y no volvió a pronunciar una palabra. Guardé en el bolsillo La Voz y La Gaceta, y recopilé todos los periódicos antiguos que pude encontrar para entretener a Iván Matvéich durante mi visita de la tarde. Aunque todavía faltaba mucho para el anochecer, en esta ocasión me escapé temprano de la oficina para ir al Pasaje y observar, aunque fuera desde la distancia, lo que estaba ocurriendo allí y escuchar los diversos comentarios y opiniones del público.

Cómo intuí que habría una gran aglomeración, me subí el cuello del abrigo para prepararme. De algún modo, sentía cierta timidez: estamos tan poco acostumbrados a la publicidad. Sin embargo, entiendo que no tengo derecho a hablar de mis propias y prosaicas sensaciones ante este incidente tan singular y extraordinario.

EL SUEÑO DE UN HOMBRE RIDÍCULO

I

Soy un hombre ridículo. Ahora dicen que soy un loco. Eso sería incluso un progreso si no fuera porque ante sus ojos sigo siendo el mismo hombre ridículo de antes. Sin embargo, ya no me molesta; al contrario, ahora todos me resultan entrañables, incluso cuando se están riendo de mí. Y, de hecho, es precisamente en esos momentos cuando los siento más cercanos. Podría reírme junto a ellos, no de mí mismo exactamente, sino por el afecto que me inspiran, si no fuera porque me invade una tristeza tan grande al mirarlos. Una tristeza profunda, porque ellos no conocen la verdad, y yo sí la he vislumbrado. ¡Oh, qué duro es ser el único que sabe la verdad! Pero ellos ni siquiera la entenderían. No, no podrían comprenderla.

Antes, la vergüenza me consumía por creer que era ridículo. No era solo parecer ridículo; sino porque lo era. Lo he sido siempre, desde que tengo memoria, tal vez incluso desde que nací. A los siete años ya intuía lo ridículo que era. Luego fui a la escuela, después a la universidad, y cuanto más aprendía, más claro se volvía para mí lo ridículo que era. Parecía como si todo lo que estudiaba en la universidad, todas las ciencias, solo existieran para demostrarme, con mayor precisión, lo ridículo que era. Y así como me pasaba con la ciencia, lo mismo me pasaba con la vida. Con cada año que pasaba, crecía en mí la certeza de mi propia ridiculez en cada relación, en cada acto. Todos se reían de mí. Pero lo que ellos ignoraban, lo que ni siquiera sospechaban, era que nadie en el mundo podía saber con certeza y mejor que yo lo ridículo que era. Y eso, eso era lo que más me dolía: que no lo supieran. Aunque, claro, era culpa mía; mi orgullo me lo impedía. Jamás habría admitido mi absurda naturaleza ante nadie. Ese orgullo se hizo más fuerte en mí con los años, y estaba tan arraigado que, de haber llegado a confesárselo a alguien, creo muy sinceramente que esa misma noche me habría volado la cabeza.

¡Oh, cómo sufrí en mi juventud más temprana, temiendo que mi secreto se escapara de mis labios y quedara revelado ante mis compañeros de escuela! Pero al llegar a la adultez, por razones que aun no entiendo, me calmé un poco. Cada año aceptaba de una forma más plena mi terrible característica oculta, y digo "oculta" porque ni siquiera hoy en día soy capaz, es decir, simplemente no puedo explicar el porqué. Tal vez se debía a que un pensamiento aún más devastador había comenzado a ocupar mi mente y una sensación de miseria anidaba en mi alma: la convicción de que nada, absolutamente nada en el mundo, importaba. Esa idea ya había asomado antes, pero el año pasado se apoderó de mí con una claridad arrolladora. Fue como un despertar: de pronto comprendí que el mundo me daba igual, que su existencia o su ausencia carecían de completo sentido para mí. Y con toda mi alma y esencia, comencé a sentir que no existía realmente nada en el mundo. En un inicio, solía creer que muchas cosas se habían originado y existido en el pasado, pero luego, poco a poco, llegué a pensar que ni siquiera el propio pasado había existido, que solo parecía haberlo hecho y que se nos presentaba así por alguna extraña razón. Con el tiempo, adiviné que tampoco habría nada en el futuro. Así dejé de enojarme con los demás y, con el tiempo, casi dejé de notarlos. Mi indiferencia se reflejaba en los pequeños detalles: tropezaba con la gente en la calle, no porque estuviera absorto en mis pensamientos –¿qué tenía que pensar, si todo carecía de importancia?– sino porque nada a mi alrededor me interesaba lo más mínimo. Había, incluso, dejado de intentar resolver mis problemas, aunque lo que más abundaba eran precisamente mis problemas. Pero, al no preocuparme más por ellos, y por cualquier cosa en general, simplemente dejaron de existir, todo desapareció.

Fue entonces cuando descubrí y alcancé la verdad. La aprendí el pasado noviembre, el día tres, para ser más exactos. Desde ese momento, cada instante quedó grabado en mi memoria. Era una tarde sombría, una de las más oscuras que puedo recordar. Volvía a casa alrededor de las once de la noche, y recuerdo haber pensado que la noche no podía ser más lúgubre.

Incluso en términos físicos, el día había sido completamente miserable. Había estado lloviendo sin pausa, una lluvia gélida, sombría, y recuerdo, casi como si cargara un rencor insidioso contra la humanidad entera. Entre las diez y las once de la noche, la lluvia cesó de repente, pero lo que le siguió fue aún peor: un aire pegajoso, una humedad penetrante que parecía más fría y desoladora que la misma lluvia. Un vapor espeso emanaba de todas las cosas, desde las piedras en la calle hasta los callejones que se perdían en la distancia y hasta donde la vista alcanzaba. De pronto pensé que, si las farolas se apagaran por completo, tal vez la tristeza se aliviaría. El gas que iluminaba la noche no hacía más que enfatizar esa sensación de melancolía y tristeza en el corazón porque lo que hacía era llenar el aire con una claridad que parecía subrayar lo insoportable del entorno.

Ese día apenas había probado bocado y pasé la tarde con un ingeniero y un par de amigos más. Nos sentamos juntos, pero yo permanecí en silencio. Probablemente los aburrí un poco con mi presencia. Hablaban de algo que fingían encontrar emocionante; incluso se entusiasmaban, aunque yo podía ver con claridad que en verdad no sentían nada. Estaban actuando, y no podían ocultarlo. En un momento, sin poder contenerme, les dije:

—Amigos, realmente les da igual todo esto, ¿verdad?

No se molestaron en absoluto. Al contrario, incluso se echaron a reír. Supongo que fue porque mi comentario no llevaba ningún tipo de reproche, lo dije simplemente porque, para mí, tampoco importaba en lo más mínimo. Y eso les resultó tan divertido, quizá porque entendieron que hablaba desde una apatía absoluta.

Mientras reflexionaba sobre las lámparas de gas, levanté la mirada hacia el cielo. Era una noche espantosamente oscura. Entre las nubes desgarradas, podían distinguirse vacíos negros, insondables. En uno de esos abismos logré ver una estrella, solitaria, que captó toda mi atención. No podía apartar la vista de ella. Algo en su luz me provocó un pensamiento: esta sería la noche en que pondría fin a mi vida. Esa idea me había rondado desde hacía dos meses. Aunque mi situación económica era precaria, aquel mismo día había comprado un revólver, espléndido, lo había cargado y lo guardé en un cajón. Pero el tiempo pasó, y ahí se quedó. No lo había usado, no por falta de decisión, sino porque esperaba el momento preciso, correcto, el instante en que mi indiferencia flaqueara lo suficiente. ¿Por qué? No sabría decirlo. Cada noche, al llegar a casa, me asaltaba la idea de dispararme. Esa estrella, por razones que no alcanzo a comprender, me hizo decidir que sería esa misma noche.

Estaba sumido en mis pensamientos, distraído, cuando una niña pequeña tiró de mi codo. La calle estaba casi desierta. A lo lejos, un cochero dormía en su carruaje. Ella tendría unos ocho años, llevaba un pañuelo en la cabeza y un vestido raído, completamente empapado y sucio por la lluvia. Lo que más me llamó la atención fueron sus zapatos: estaban rotos y mojados, un detalle que, incluso ahora, recuerdo con claridad. La niña me agarró el brazo y me llamó con voz un tanto entrecortada. No lloraba, pero sus palabras emitían un jadeo desesperado. Temblaba de pies a cabeza y apenas podía articular lo que sea que intentaba decir. Todo lo que alcanzaba a entender era un insistente "¡Mamá, mamá!". Me detuve, la miré sin decir nada, y luego como si nada, seguí caminando. Pero ella se puso a correr detrás de mí, tirando de mi abrigo con una desesperación que me resultaba un poco familiar; conocía ese sonido, ese tono en los niños aterrorizados y desesperados que uno no puede simplemente ignorar. Supe al instante lo que ocurría: su madre se estaba muriendo o algo igual de terrible. Había salido a la calle gélida a buscar ayuda, cualquier tipo de ayuda.

No me fui con ella. En lugar de eso, intentando alejarla de mí, le dije que buscara a un policía. Pero ella no se rindió; juntó las manos, suplicando entre sollozos, corriendo junto a mí. No se apartaba de mi lado. Entonces, sin pensarlo demasiado, golpeé el suelo con fuerza y le grité. Ella, a su vez, dio un grito ahogado: "¡Señor, señor...!", y de pronto se alejó corriendo. Cruzó la calle hacia otro transeúnte, buscando en él lo que yo no quise darle.

Subí hasta mi quinto piso. Vivo en una habitación de un piso donde también viven otros inquilinos. Mi cuarto es pequeño y precario, con una ventana de buhardilla en forma de semicírculo. Tengo un sofá que está cubierto de cuero americano, una mesa con algunos libros, dos sillas y un sillón bastante cómodo, es tan viejo como puede ser, pero viejo de esa forma buena que solo las cosas antiguas pueden llegar a ser. Me senté, encendí una vela y me puse a pensar. En la habitación justo al lado de la mía, a través de la pared divisoria, se estaba llevando a cabo un auténtico manicomio. Era algo que había estado sucediendo en los últimos tres días. Allí vivía un capitán retirado y tenía media docena de visitantes, caballeros de dudosa reputación, bebiendo vodka y jugando a *stoss* con unas cartas viejas. La noche anterior había ocurrido una pelea, y sé que dos de ellos habían estado tirándose mutuamente de los cabellos por mucho tiempo. La casera tenía ganas de quejarse, pero estaba muerta de miedo por el capitán. Solo había otro inquilino más en el piso, una delgada señora regimental que estaba de visita a San Petersburgo, con tres niños pequeños que se habían enfermado desde que entraron en la vivienda. Tanto ella como sus hijos tenían un pánico mortal al capitán y permanecían temblando y persignándose durante toda la noche, y el niño más pequeño llegó incluso a tener una especie de ataque por el miedo.

Sé, de hecho, que ese capitán a veces para a la gente y pide limosna en el Prospecto Nevsky. No lo aceptan en el servicio, pero lo más curioso es (y por eso estoy contando esto) que durante todo este mes que el capitán ha estado aquí, su comportamiento no me ha generado ninguna molestia en absoluto. Por supuesto, he intentado evitar su presencia desde el principio, y para ser honestos él también se aburrió un poco de mí desde el principio; pero me da completamente igual cuánto griten al otro lado de la pared, ni cuántas personas estén allí: me quedo despierto toda la noche y me olvido de ellos a tal punto que ni siquiera los escucho. Me quedo despierto hasta que comienza a amanecer y he vivido así durante el último año. Toda la noche la paso sentado en mi sillón frente a la mesa, sin hacer nada. Solo leo durante el día. Me siento, ni siquiera llego a pensar en algo; las ideas de algún tipo vagan por mi mente y las dejo ir y venir a su antojo. Cada noche se consume una vela entera. Así que senté con tranquilidad en la mesa, saqué el revólver y lo puse justo delante de mí. Recuerdo que cuando lo puse, me pregunté: "¿Tiene que ser así?", y me respondí a mí mismo con total convicción: "Así tiene que ser". Es decir, me voy a disparar. Sabía que me iba a disparar esa noche con total certeza, pero cuánto tiempo más seguiría sentado en la mesa era algo que no sabía con exactitud. Y sin duda alguna me habría disparado si no hubiera sido por esa niña.

II

Mira, aunque nada me importaba, seguía siendo capaz de sentir dolor.

Por ejemplo, si alguien me hubiera pinchado, habría sentido el escozor del pinchazo. Y, en el plano moral, era lo mismo: si algo extremadamente conmovedor llegaba a suceder, la compasión aún podía florecer en mí, como en los lejanos días en que la vida me parecía significativa. Aquella tarde, de hecho, llegué a sentir compasión. Estoy seguro de que, antes, habría ayudado a un niño en esas circunstancias. Entonces, ¿por qué no ayudé a esa niña?

La respuesta radica en un pensamiento que me asaltó justo en ese instante: mientras ella me llamaba y tiraba de mi brazo, una pregunta había aparecido en mi mente, y no supe cómo resolverla. Era una cuestión inútil, quizá absurda, pero se instaló en mi conciencia y me incomodó profundamente. Me pregunté: si esa noche iba a acabar con mi vida, ¿por qué algo debía llegar a importarme? Y, sin embargo, ahí estaba, sintiendo un pinchazo de culpabilidad, algo completamente discordante con mi decisión. No sé cómo explicar mejor esa sensación fugaz, pero incluso al llegar a casa seguía ahí, molestándome como hacía mucho que nada lo hacía.

Reflexioné un poco. Cada pensamiento desencadenaba otro. Comprendí con claridad que, mientras siguiera siendo humano, mientras existiera, podría llegar a sufrir, enfadarme, avergonzarme incluso de mis actos. Pero entonces, si iba a matarme en unas horas, ¿qué importancia podían tener la niña, la vergüenza o cualquier otra cosa en el mundo? En unas horas me convertiría en nada, en absoluta nada. ¿Y cómo era posible que, sabiendo que pronto dejaría de existir, pudiera seguir sintiendo lástima por esa niña o vergüenza por una acción tan vil?

Recordé cómo había reaccionado ante ella: gritando y alejándola de mí, como si quisiera demostrar que no solo no sentía lástima, sino que también era libre de comportarme de forma cruel y despreciable. ¿Por qué? Porque, en dos horas, todo habría terminado para mí. Todo se apagaría finalmente. Ahora estoy convencido de que ese fue el verdadero motivo.

Me pareció más que evidente que, de alguna manera, la vida y el mundo entero dependían de mí en ese momento. Todo parecía girar en torno a mi existencia: si me disparaba, el mundo desaparecería conmigo. No solo para mí, sino para todos. Quizá nada, absolutamente nada, existiría para nadie más. Era como si mi conciencia fuese la única garantía de la existencia del mundo, como si este, con todas sus personas y cosas, no fuera más que una proyección de mí mismo.

Sentado frente a la mesa, dando vueltas a estas ideas, nuevos pensamientos me asaltaron, cada uno más desconcertante que el anterior. Por ejemplo, de repente me imaginé viviendo en otro planeta, en la luna o en Marte, y cometiendo allí un acto tan vergonzoso, tan humillante y degradante, que resultaría inconcebible incluso en las pesadillas más terribles que se puedan imaginar. Si, después, hubiera venido de nuevo a la Tierra y lograse recordar ese acto, sabiendo que jamás regresaría a aquel lugar, ¿me seguiría siendo todavía avergonzado al mirar hacia la luna? Eran preguntas absurdas, inútiles, porque el revólver ya estaba allí frente a mí. Sabía con certeza lo que iba a suceder a continuación. Y, sin embargo, estos pensamientos me agitaron, hicieron que me enfadara. Sentí que no podía morirme sin haber resuelto algo importante antes.

En resumen, esa niña me había salvado. Pospuse el momento de mi disparo, no precisamente por ella, sino por estas cuestiones sin respuesta que ahora mismo me estaban atormentando. Mientras tanto, el ruido en la habitación del capitán comenzaba a apagarse poco a poco. Habían terminado su juego de cartas y se estaban preparando para irse a dormir, gruñendo y discutiendo perezosamente entre ellos mientras lo hacían. Y entonces, algo extraño ocurrió. Sin darme cuenta, me quedé dormido en la silla junto a la mesa. Nunca me había sucedido antes, pero esa noche, el sueño llegó sin aviso.

Como todos sabemos, es bien sabido que los sueños son en sí mismo una cosa muy extraña: algunas partes se producen y experimentan con una vivacidad aterradora, con detalles tan elaborados como el acabado minucioso y detallista de una joya; mientras que otras partes se transitan, por llamarlo de algún modo, sin siquiera notarlas en absoluto, como, por ejemplo, a través del espacio y del tiempo. Los sueños parecen ser propulsados no por la razón, sino más bien por el deseo; no por la cabeza, sino por el corazón, y aun así, qué trampas y ardides tan complicados ha jugado a veces mi razón en los sueños, qué cosas completamente incomprensibles pueden llegar a suceder. Mi hermano murió hace cinco años, por ejemplo. Algunas veces sueño con él; colabora en mis cosas, estamos muy interesados, y, sin embargo, durante todo el sueño soy consciente y recuerdo a la perfección que mi hermano está muerto y sepultado.

¿Cómo puede ser que no me asombra que esté aquí a mi lado trabajando conmigo, si en verdad está muerto? ¿Por qué mi consciencia lo acepta tan abiertamente? Pero ya es suficiente. Voy a comenzar a hablar sobre mi sueño. Sí, tuve un sueño, mi sueño del tres de noviembre. Ahora se ríen de mí, me dicen que solo se trata de un sueño. ¿Pero importa, acaso, si se trata de un sueño o de la realidad, si el sueño en sí me manifestó la verdad? Si una vez se ha examinado la verdad y se la ha llegado a ver, sabes que sí o sí es la verdad y que no hay otra y no puede haberla, ya sea que estés dormido o despierto. Que sea un sueño, si es así, que lo sea, pero esa vida real de la que tanto hablas, en donde tanto hacer, esa que yo estaba dispuesto a aniquilar con el suicidio, mi sueño... ¡mi sueño me mostró otra existencia, distinta, renovada, sublime y llena de fuerza!

III

Escucha.

Ya te conté que me quedé dormido sin darme cuenta, perdido en mis cavilaciones, volviendo a los mismos temas. Y entonces soñé. En el sueño, tomé el revólver con decisión, apuntándolo directamente a mi corazón, no a la sien como había planeado antes. Había decidido de antemano dispararme en la sien derecha, pero en ese instante cambié el objetivo hacia mi pecho. Permanecí así por unos segundos, dudando, hasta que de repente la vela, la mesa y la pared frente a mí comenzaron a tambalearse, a moverse y a vibrar. Fue entonces cuando apreté el gatillo.

En los sueños, a menudo caemos desde alturas vertiginosas y somos golpeados o apuñalados, pero rara vez sentimos dolor, salvo cuando, por accidente, nos golpeamos de verdad contra algo, como el cabecero de la cama. Entonces el dolor nos despierta. Lo mismo me ocurrió aquí. No sentí dolor alguno al dispararme. Pero fue como si, con aquel disparo, algo dentro de mí se sacudiera violentamente, y de pronto todo se sumiera en la más densa oscuridad. El mundo a mi alrededor desapareció, devorado por una negrura horrible y absoluta. Me sentí ciego y completamente inmóvil, como si estuviera acostado sobre algo rígido y frío. Estaba tendido boca arriba, incapaz de mover ni un solo músculo y sin ver absolutamente nada. A mi alrededor resonaban voces: pasos apresurados, gritos, el bramido del capitán y los chillidos histéricos de la casera. Luego, de repente, el bullicio se desvaneció y sentí que me llevaban en un ataúd cerrado. Era una sensación extraña; el ataúd se balanceaba mientras lo transportaban, y, aunque no podía ver nada ni moverme, sí que podía reflexionar. Por primera vez, la idea me golpeó con bastante fuerza: estaba muerto. Totalmente muerto. Lo sabía con una certeza absoluta. No había dudas al respecto.

Y, sin embargo, allí estaba yo: sin vista, sin movimiento, pero todavía sintiendo, todavía pensando. Al principio, ser consciente de esto me inquietó, pero pronto, como suele suceder en los sueños, acepté la situación tal y como era, sin cuestionarla.

Y ahora estaba enterrado en la tierra. Todos se fueron y me quedé solo, completamente solo. No me podía mover. Cuando antes siempre había imaginado estar enterrado, la única sensación que asociaba con el ataúd era la de humedad y frío. Así que ahora sentí que hacía mucho frío y que yo tenía frío, especialmente en las puntas de los dedos de los pies, pero no sentí nada más.

Permanecía quieto, curiosamente no estaba esperando nada, aceptaba sin ningún cuestionamiento que un muerto en realidad no tiene nada que esperar. Pero estaba húmedo.

No sé cuánto tiempo pasó, si fue una hora, varios días o muchos días. Pero de pronto una gota de agua cayó encima de mi ojo izquierdo que estaba cerrado, abriéndose paso a través de la tapa del ataúd; un minuto después le acompañó una segunda, luego un minuto después una tercera, y así su- cesivamente, regularmente cada minuto. Hubo un destello fugaz de profunda indignación en mi corazón, y de repente pude sentir un dolor físico en él. "Esa es mi herida", pensé; "esta es la bala…". Y cada minuto, una gota tras otra conti- nuaba cayendo en mi párpado cerrado. Y de pronto, no con mi voz, pero con mi ser entero, invoqué al poder responsa- ble de todo lo que me estaba pasando: "Quienquiera que seas, si realmente existes, y si es posible que haya algo más racional de lo que está pasando aquí, permite que sea aquí y ahora. Pero, si se trata de una venganza horrenda y absurda haciéndome vivir esta existencia posterior, todo por mi in- sensato suicidó, pues déjame decirte que ningún martirio podrá jamás igualar la indiferencia que seguiré sintiendo en completo silencio, ni aunque dure un millón de años mi su- plicio".

Emití este pensamiento y me quedé callado. Hubo un minuto entero de ininterrumpido silencio y después otra gota cayó, pero tuve conciencia, con una certeza infinita e inexpugnable, de que todo iba a cambiar de forma inme- diata. Y entonces sucedió que mi tumba de pronto se que- bró, es decir, no sé si fue abierta o desenterrada, pero un ser oscuro e ignorado me atrapó y nos encontramos en el es- pacio. Pronto, recuperé la vista. Era medianoche, y nunca, jamás había habido semejante oscuridad. Flotábamos por el espacio, bien lejos de la tierra. No hice ninguna pregunta a ese ser que me llevaba; me sentía orgulloso y a la expectativa. Me di cuenta de que no tenía miedo y estaba más emocio- nado, extasiado incluso, ante la idea de no tener miedo. No sé cuánto tiempo estuvimos volando, no puedo imaginarlo; sucedió entonces como siempre sucede en los sueños cuando vuelas sobre el espacio y el tiempo, y las leyes del raciocinio y la realidad, y solo te detienes en esos parajes en los que el corazón desea. Recuerdo que vi una estrella en medio de la oscuridad. "¿Esa es Sirio?", pregunté de forma impulsiva, aunque no tenía ninguna intención de hacer preguntas.

"No, esa es la misma estrella que viste entre las nubes cuando volvías a casa", me respondió el ser que me llevaba.

Era consciente de que aquel ser tenía algo que recordaba vagamente a un rostro humano. Sin embargo, no me agradaba ese ser, lo que sentía hacia él no era otra cosa que una repulsión profunda e instintiva. Había esperado encontrar la absoluta inexistencia, por eso había decidido dispararme en el corazón. Pero ahora, aquí estaba, en manos de una criatura que, aunque no era humana, claramente existía, vivía. "Así que hay vida después de la muerte", pensé con esa ligereza absurda que a menudo nos acompaña en los sueños. Pero en el fondo de mi pecho, mi corazón seguía inalterado. "Y si tengo que volver a existir", reflexioné, "si tengo que vivir de nuevo bajo el dominio de una fuerza ineludible, no dejaré que me derrote ni que me someta".

"Sé que te temo y odio sentirme así", le dije de pronto a mi acompañante, incapaz de contener esa pregunta que, aunque implicaba una confesión humillante, se me escapó. La vergüenza se clavó en mi alma como una aguja fría y punzante. Él no dijo nada. Pero lo que sentí, con una claridad desgarradora, fue su burla, como si no solo no me despreciara, sino que me considerara insignificante. Su falta de compasión fue lo que más me hirió, y que nuestro viaje tenía un propósito misterioso y oculto que solo me competía a mí. Algo, más allá de las palabras, parecía conectarnos de forma dolorosa e inexorable, y con cada instante, mi ansiedad iba en aumento. Volábamos a través de un espacio infinito, oscuro, insondable. Hacía ya tiempo que había perdido de vista las constelaciones conocidas, las mismas que tantas veces había observado en la Tierra. Sabía que existen estrellas tan lejanas que su luz necesita millones de años para llegar hasta nosotros. Quizás ahora nos desplazábamos por esos abismos. Mi pecho ardía con una expectación angustiosa y tortuosa, hasta que algo logró conmoverme de una forma inesperada: ¡vi nuestro sol! Sabía que no podía tratarse de nuestro sol, el que iluminaba la Tierra, ya que estábamos a una distancia inimaginable de él. Y, sin embargo, lo supe con certeza: aquel sol era una réplica perfecta, idéntica en su esencia. Una oleada de emoción, dulce y vivificante, inundó mi ser por primera vez desde que estaba en la tumba. La luz de aquel astro resonó en lo más profundo de mi alma, como si despertara algo dormido: un eco de vida, un vestigio de la existencia pasada, un llamado a la antigua vitalidad perdida.

"Si ese es el sol, si de verdad es como nuestro sol", exclamé, lleno de un asombro casi reverencial, "¿entonces en dónde está la Tierra?".

Mi acompañante señaló entonces hacia una estrella lejana, cuya luz verde esmeralda titilaba en la distancia. Volábamos hacia ella a una velocidad vertiginosa.

"¿Puede ser que existan otras repeticiones en el universo? ¿Es posible que esa sea la ley del universo?", me pregunté en voz alta, incapaz de contener mis pensamientos. "¿Puede que ese planeta sea una Tierra igual a la nuestra? ¿Exactamente igual, con todas sus penurias, con todo su sufrimiento, pero al mismo tiempo tan preciosa y eternamente querida? ¿Podría despertar en quienes la habiten el mismo amor profundo y desgarrador que sentimos por nuestra Tierra?". Mi voz temblaba, sacudida por una oleada de devoción irrefrenable hacia aquel mundo que había dejado atrás. La imagen de la niña, aquella pobre niña que había rechazado ayudar, cruzó fugazmente mi mente.

"Lo verás todo", respondió mi compañero, y en su voz percibí una profunda tristeza.

Mientras nos acercábamos a aquella estrella, que ahora crecía ante mis ojos, pude distinguir océanos y los contornos familiares de Europa. En ese instante, un sentimiento extraño y sagrado se encendió en mi interior: una envidia intensa, pura, casi divina, me invadió. Era un anhelo de algo que apenas empezaba a comprender.

"¿Para qué puede repetirse y cómo? Yo amo y sé que solo puedo amar esa tierra que he dejado, que está manchada con mi sangre, cuando, en mi ingratitud, apagué mi vida con una bala en mi corazón. Pero nunca, nunca he dejado de querer esa tierra, y puede que en la misma noche en que me separé de ella, la quise incluso más que nunca. ¿Acaso existe el sufrimiento en esta nueva tierra? En nuestra tierra solo es posible amar con sufrimiento y a través del sufrimiento. Somos incapaces de amar de otra forma, y, por ende, no conocemos otro tipo de amor. Necesito sufrir para poder amar. Deseo, tengo sed, en este preciso momento, de besar con lágrimas la tierra que he dejado, y no quiero, no puedo aceptar la vida en ningún otro lugar".

Pero mi compañero ya me había liberado. De repente, sin saber exactamente cómo, aparecí en esta otra tierra, bajo la brillante luz de un día soleado, tan fascinante como un paraíso. Creo que estaba parado en una de las islas que en nuestro globo forman el archipiélago griego, o en la costa del continente frente a ese archipiélago. Oh, todo era exactamente como en nuestra Tierra, solo que todo parecía tener un resplandor más festivo, el esplendor de algún gran y mágico triunfo alcanzado por fin. El mar se veía amigable, verde como esmeralda, salpicaba con cariño la orilla y la besaba con un amor manifiesto, casi consciente. Los altos y hermosos árboles estaban en todo el pico de su floración, y sus innumerables hojas me saludaban, estoy seguro, con un susurro suave y melodioso, parecía que estuviesen diciendo palabras de amor. La hierba brillaba con flores brillantes y olorosas. Las aves volaban en bandadas en el aire y se colocaban sin miedo en mis hombros y en mis brazos, y me daban golpecitos alegres con sus aleteantes alas. Y por fin vi y conocí a las personas de esta tierra mucho más feliz. Ellos se acercaron a mí por sí mismos, me rodearon y me dieron besos. Eran los hijos del sol, los hijos de su sol, oh, ¡qué preciosos eran! En nuestra propia tierra nunca había visto tanta belleza. Puede que tal vez solo nuestros niños, cuando estaban en sus primeros años, se podía vislumbrar un reflejo lejano y frágil de esta propia belleza. Los ojos de esta gente feliz brillaban con un resplandor claro. Sus rostros estaban esplendorosos con la luz de la razón y la plenitud de una serenidad que proviene del perfecto entendimiento, pero esos rostros eran alegres; en sus voces y en su lenguaje había un tono de alegría infantil. Oh, desde el primer momento, desde la primera mirada que les dirigí, ¡lo comprendí todo! Esta era la tierra sin mancha por la Caída; en ella habitaban personas que no conocían el pecado. Vivían justo en un paraíso como ese en donde, según todas las leyendas de la humanidad, nuestros primeros padres habían vivido antes de que pecaran; la única diferencia era que toda esta tierra era el propio paraíso en sí. Todas estas personas, sonriendo con tanta alegría, se congregaron a mi alrededor y me fueron acariciando; me condujeron hasta sus casas y cada uno de ellos intentó calmarme. Oh, no me hicieron ninguna pregunta, pero imaginé que ellos ya podían saberlo todo sin la necesidad de tener que preguntar, y querían darse prisa por eliminar cualquier signo de sufrimiento que llevara en mi rostro.

IV

¿Y sabes una cosa? Bueno, esto admitiendo que solo haya sido un sueño, aun así la sensación del amor de esas personas inocentes y bonitas se me ha quedado para siempre, y puedo sentir que su amor incluso ahora sigue fluyendo hacia mí directamente desde allí. Yo mismo los he visto, los he conocido y me he convencido; los quise, y después sufrí por ellos. Oh, comprendí al momento, que incluso en ese mismo instante, había muchas otras cosas en las que no podía entenderlos para nada; como un ruso progresista y detestable de San Petersburgo, me pareció inentendible que, sabiendo tanto, no hubieran alcanzado, por ejemplo, una ciencia como la nuestra. Pero de forma rápida me di cuenta de que su conocimiento se obtenía y se impulsaba por intuiciones distintas a las nuestras en la tierra, y que sus aspiraciones también eran completamente diferentes. Ellos no deseaban nada y se encontraban en paz; no anhelaban conocer la vida tal y como nosotros aspiramos a comprenderla, porque sus vidas ya estaban plenas. Pero su conocimiento era incluso más elevando y profundo que el nuestro, ya que nuestra ciencia intenta explicar qué es la vida, desea entenderla para poder enseñarles a otros cómo amar. Ellos, por otro lado, aun sin ciencia, sabían cómo vivir; y eso lo comprendí, pero no pude comprender del todo su conocimiento. Me enseñaron sus árboles, y no pude empatizar con el intenso amor con el que ellos los miraban; era como si estuvieran hablando con criaturas semejantes a ellos. Y tal vez no esté equivocado si digo que hablaban con ellos. Sí, habían desentrañado su lenguaje, y estoy seguro de que los árboles los lograban entender. Miraban toda la naturaleza de esa misma forma, los animales vivían en paz con ellos y no los atacaban, sino que los querían, deleitados y conquistados por su amor. Me señalaron las estrellas y me dijeron algo sobre ellas que no pude entender, pero estoy seguro que de alguna forma, por algún medio, estaban en contacto con las estrellas, no solo en pensamiento sino por medio de algún canal vivo. Oh, estas personas no persistieron en su intento de hacerme entender, me quisieron sin más, pero yo sabía que nunca me lograría entender del todo, así que apenas les dije nada de nuestra tierra. Solo besé frente a ellos la tierra en la que vivían y los adoré en silencio a ellos mismos. Y ellos se dieron cuenta de esto y me permitieron adorarlos sin avergonzarse de mi adoración, porque ellos mismos adoraban mucho. Por mi culpa, ellos no se sentían infelices cuando a veces besaba sus pies con lágrimas, consciente con felicidad del amor con el que responderían al mío. En algunos momentos me preguntaba con asombro cómo era posible que nunca pudieran ofender a una criatura como yo, y que nunca despertaran en mí un sentimiento de celos o envidia. Con frecuencia me preguntaba cómo podía ser que yo, tan petulante y mentiroso como era, jamás les hubiera hablado de lo que sabía, de lo que ellos, evidentemente, no tenían ni idea, y que nunca me hubiera sentido tentado a hacerlo por el deseo de asombrarlos o incluso favorecerlos.

Eran tan joviales y divertidos como niños. Deambulaban por sus preciosos bosques y entre los matorrales, cantaban sus hermosas canciones; su alimentación era ligera: las frutas de los árboles, la miel de los bosques y la leche de los animales que los querían. El trabajo que tenían que hacer para conseguir la comida y sus ropas, era reducido y para nada laborioso. Querían y engendraban hijos, pero nunca noté en ellos el estímulo de esa brutal sensualidad que llega a superar a casi todos los hombres en esta tierra, a todos y cada uno, y es el origen de casi todos los pecados y perversiones de la humanidad en la tierra. Se alegraban con la llegada de los niños porque eran seres nuevos con los que podían compartir su felicidad. No había discusiones, ni celos entre ellos, y ni siquiera entendían el significado de tales palabras. Sus hijos eran al mismo tiempo los hijos de todos, porque todos juntos formaban una sola familia. Casi no tenían enfermedades entre ellos, aunque sí existía la muerte; pero sus ancianos morían en total tranquilidad, como si se hubieran quedado dormidos, otorgando bendiciones y sonrisas a aquellos que estuviesen a su alrededor para despedirse por última vez con risas brillantes y encantadoras. Nunca observé ningún dolor ni lágrimas en esos momentos, únicamente amor, que podía alcanzar el punto del éxtasis, pero un éxtasis sosegado, perfeccionado e incluso contemplativo. Uno podía llegar a pensar que continuaban en contacto con sus muertos después de fallecer, y que su unión terrenal no se detenía por la muerte. A duras penas me lograban entender cuando yo les hacía preguntas sobre la inmortalidad, pero era evidente que estaban tan convencidos de ella, sin llegar a razonar al respecto, que para ellos no era para nada un cuestionamiento. No tenían santuarios ni templos, pero poseían un sentido real, vivo y continuo de unidad con todo el universo; no tenían creencias, pero poseían un conocimiento certero de que cuando su alegría terrenal hubiese alcanzado los límites de la propia naturaleza terrenal, entonces llegaría para ellos, tanto para los vivos como para los muertos, una plenitud todavía de mayor intimidad con todo el universo. Ellos aguardaban ese instante con inmensa alegría, pero sin apurarse, sin ambicionarlo, pero pareciendo prever ese futuro en sus corazones, y hablaban de esto constantemente entre sí.

Cuando venía la noche, antes de irse a dormir, disfrutaban cantando en un coro musical y armonioso. En esas canciones lograban expresar todas las emociones que habían sentido durante el día que ya se estaba yendo, cantaban sus deleites y se despedían de él. Cantaban también algunas alabanzas a la naturaleza, al mar y a los bosques. Disfrutaban creando canciones sobre sí mismos y se elogiaban unos a otros como si fueran niños; estas eran las canciones más sencillas, pero provenían directo de sus corazones y, por ende, llegaban directo al corazón. Y daba la impresión de que no solo en sus canciones, sino en todos los aspectos de su vida, no hacían otra cosa que alabarse y admirarse los unos a otros. Era un poco como si todos estuviesen enamorados entre sí, pero con un sentimiento que los abarcaba a cada uno y que era, por lo tanto, universal.

Algunas de sus canciones, más solemnes y extáticas, apenas las lograba entender del todo. Aunque comprendía las palabras, nunca pude alcanzar el significado completo. Era algo que estaba, por decirlo de alguna manera, más allá del alcance de mi pensamiento, pero mi corazón de forma inconsciente lo absorbía todo cada vez más. A veces les decía que había tenido una intuición de esto desde hace mucho antes, que ese regocijo y esa gloria me habían alcanzado en nuestra tierra en la forma de una melancolía anhelante que a menudo se asemejaba a un dolor insoportable; que había tenido un conocimiento previo de ellos y de su edén en los sueños de mi corazón y en las visiones de mi mente; que con frecuencia, en nuestra tierra, no podía mirar el atardecer sin ponerme a llorar... que en mi odio hacia los demás hombres de nuestra tierra, siempre había un deseo angustioso: ¿por qué simplemente no podía odiarlos sin quererlos? ¿por qué no podía eludir perdonarlos? Y en mi querer hacia ellos también había un dolor ansioso: ¿por qué no podía quererlos sin tener también que odiarlos? Ellos me escuchaban, y me di cuenta de que no podían ni siquiera imaginar lo que les estaba diciendo, pero en ningún momento me arrepentí de haberles contado eso: yo sabía que ellos comprendían la intensidad de mi angustioso anhelo por aquellos a quienes había dejado. Pero cuando me observaban con sus dulces ojos llenos de afecto, cuando sentía mi corazón también se iba volviendo cada vez más inocente y justo como el de ellos, solo por estar en su presencia, me inundaba una sensación de plenitud hacia la vida tan inmensa que me quitaba el aliento y entonces los idolatraba en silencio.

Oh, ahora todos se burlan de mí en mi cara y me aseguran que es imposible soñar con los detalles que estoy relatando ahora mismo, que solo he experimentado una sensación profunda durante mi delirio y que, al despertar, fui yo quien terminó inventándose el resto. Y cuando les respondí que tal vez tuvieran razón, Dios mío, pero ¡cómo se reían en mi propia cara! Parecía que les estuviese dando una alegría inmensa. Sí, es cierto que mi corazón quedó atrapado por la pura emoción de aquel sueño, y solo eso logró quedarse en mi alma que ya estaba herida. Pero las imágenes y formas reales que vi mientras soñaba estaban llenas de una armonía tan perfecta, eran tan cautivadoras, tan vivas y auténticas, que al despertar me resultó imposible expresarlas plenamente con las limitaciones de nuestro pobre lenguaje. Era inevitable que quedaran desdibujadas en mi memoria; y así, tal vez, terminé por inventar algunos detalles que más tarde fui deformando en mi anhelo desbordado y desesperado por transmitir al menos una parte de lo que había experimentado, antes de que los recuerdos se desvanecieran del todo.

Sin embargo, ¿cómo no podían creer que lo que les estaba contando fuera real? Tal vez fue mil veces más brillante, más feliz y más hermoso de lo que puedo alcanzar a describir. Aun si admitiera que sí, que fue solo un sueño, algo en mí insiste en que tiene que haber sido verdadero. Te voy a confesar algo: tal vez no fue un sueño para nada. Porque lo que ocurrió después fue tan terrible y se sintió tan espantosamente auténtico, que no podría haberse originado en un simple sueño. Mi corazón pudo haber generado esa visión, es cierto, pero ¿acaso mi corazón también habría sido capaz de inventar el horror que vino justo después? ¿Cómo podría mi mente, tan pequeña y mundana, haber concebido una revelación tan abrumadora de la verdad? No, tienes que juzgar tú mismo. Hasta ahora lo he mantenido en secreto, pero ha llegado el momento de confesarlo todo. La verdad es esta: ¡los terminé corrompiendo a todos!

V

Sí, a todos. No sé cómo ocurrió exactamente, pero lo recuerdo con una claridad desgarradora. Mi sueño, que pareció abarcar miles de años, me dejó solo con una certeza absoluta. Solo sé que fui yo quien sembró el pecado y provocó su caída. Como una insignificante triquina, un germen de peste capaz de devastar naciones enteras, así contaminé aquel mundo, tan puro y dichoso antes de mi llegada. Les enseñé a mentir, les hice gustar de la mentira, y ellos descubrieron el irresistible atractivo de la falsedad.

Oh, puede que al inicio todo empezara de una forma casi inocente: con un juego, una broma, tal vez un coqueteo muy ligero. Tal vez solo fue un germen, una semilla, pero ese germen de falsedad se enraizó en sus corazones y les resultó agradable. Pronto surgió también la sensualidad, y esta engendró los celos; los celos, a su vez, se fueron transformando en crueldad. No recuerdo bien cómo ocurrió todo, pero lo siguiente fue simplemente inevitable: pronto se derramó la primera sangre. Se quedaron asombrados y horrorizados a partes iguales, y luego, comenzaron a dividirse. Se agruparon en alianzas, pero cada una contra la otra. Comenzaron a surgir reproches y recriminaciones. Descubrieron entonces lo que significaba la vergüenza, y esta los condujo hacia una idea rudimentaria de lo que podía ser la virtud. Nació la noción de lo que entendemos por honor, y cada grupo comenzó a ondear su propia bandera.

Comenzaron a torturar animales, y los animales, totalmente aterrorizados, huyeron a internarse en el bosque, volviéndose hostiles hacia ellos. Luego, lucharon para separarse todavía más, para afirmar su individualidad, para distinguir lo que era "mío" de lo que era "tuyo". Surgieron así nuevos idiomas, y con ellos, se amplió más y más la distancia entre unos y otros. Conocieron el dolor y, de una manera extraña y peculiar, también aprendieron a amarlo. Buscaron el sufrimiento, convencidos de que la verdad solo podía alcanzarse a través de él. Más tarde llegó la ciencia. Y cuanto más se hundían en el mal, más hablaban de hermandad y humanidad, conceptos que lograron comprender en un pasado, aunque los traicionaban constantemente. A medida que sus crímenes fueron en aumento, inventaron la justicia y elaboraron códigos legales para poder imponerla; pero también construyeron la guillotina para asegurarse así de que se cumpliera.

Con el tiempo, apenas eran capaces de recordar aquello que habían perdido. Incluso rechazaron la idea de que alguna vez hubieran sido felices e inocentes. Se burlaban de esa posibilidad, llamándola un simple sueño. Les era imposible imaginar tal estado con precisión, pero, curiosamente, aunque habían perdido toda la fe en su antigua felicidad, deseaban tanto recuperarla que la transformaron en un ídolo. Levantaron templos para venerar su propia idea de lo que había sido esa dicha pasada, llorando mientras la adoraban.

Sabían que era inalcanzable, pero aun así se inclinaban ante ella, como si ese acto les ofreciera algo de consuelo. Sin embargo, si alguien les hubiera mostrado ese estado anterior que habían perdido y les hubiera preguntado si querían regresar a él, habrían respondido que no.

Decían: "Sabemos que somos deshonestos, malvados e injustos. Lo sabemos y lloramos por eso; nos atormentamos y castigamos incluso más de lo que lo haría ese Juez misericordioso cuyo nombre no conocemos. Pero tenemos la ciencia, y solo con ella seremos capaces de alcanzar la verdad de forma consciente. El conocimiento es superior al mero sentimiento, la conciencia de la vida es más valiosa que la vida misma. La ciencia nos llevará directo a la sabiduría, y la sabiduría revelará las leyes. El conocimiento de las leyes de la felicidad es, sin lugar a dudas, más importante que la felicidad en sí".

Decían este tipo de cosas. Pero mientras lo hacían, cada uno empezó a amarse más a sí mismo que a los demás. La envidia y la obsesión por proteger los derechos individuales crecieron tanto que intentaron aplastar esos mismos derechos los demás, haciendo de esto el objetivo principal de sus vidas. Así surgió la esclavitud, incluso una esclavitud consentida: los débiles se sometían a los fuertes a cambio de ayuda para someter a los que eran todavía más débiles. Entonces aparecieron santos que lloraban por estas personas y les hablaban de su orgullo, de su pérdida de armonía, de cómo habían olvidado la vergüenza. Pero los santos eran ridiculizados, apedreados, y su sangre santa manchaba los umbrales de los templos.

Más tarde llegaron hombres que intentaron unir a todos nuevamente, para que, aunque cada uno se amara más a sí mismo que a los demás, al menos no interfirieran entre sí. Surgieron guerras basadas en esta idea, con cada lado convencido de que la ciencia y la sabiduría obligarían a la humanidad a alcanzar una sociedad más armoniosa. Mientras tanto, los que se denominaban "sabios" decidieron exterminar a todos los "no sabios" para así acelerar el proceso y eliminar los posibles obstáculos. Pero el instinto de preservación se debilitó rápidamente. Aparecieron hombres arrogantes y sensuales que exigían todo o nada. Para obtenerlo, recurrían al crimen; si fracasaban, optaban entonces por el suicidio.

Surgieron religiones que adoraban la idea de la no existencia, exaltando la autodestrucción en nombre de la paz eterna de la aniquilación. Al final, estas personas, agotadas por su lucha inútil, comenzaron a mostrar el sufrimiento en sus rostros. Proclamaron entonces que el sufrimiento era una forma de belleza, porque únicamente en él lograron encontrar algo de significado. Glorificaron el sufrimiento en sus canciones. Y mientras caminaba entre ellos, retorciéndome las manos y llorando por la forma en que habían cambiado y en lo que se habían convertido, me di cuenta de que los amaba incluso más que antes, más que cuando eran inocentes y encantadores, más que cuando la tierra era un paraíso. Porque ahora, en su sufrimiento, había algo más profundo que antes no existía. Amaba esa tierra manchada y dolorida más que cuando era pura.

¡Ay! Siempre he amado el dolor y la tribulación, pero únicamente para mí, únicamente para mí. Sin embargo, lloraba por ellos, compadeciéndolos profundamente. Extendía mis manos hacia ellos en un gesto de desesperación, culpándome, maldiciéndome, despreciándome. Les confesaba que todo era mi culpa, solo mía; que yo había traído la corrupción hasta ellos, la contaminación, la falsedad. Les rogaba que me crucificaran, incluso les mostré cómo fabricar una cruz. Yo no podía quitarme la vida; no tenía la fuerza necesaria, pero anhelaba sufrir a manos de ellos. Quería el sufrimiento, deseaba que mi sangre se derramara por completo en un suplicio sin fin. Pero ellos simplemente se rieron de mí y, al final, comenzaron a considerarme un loco.

Se justificaron, argumentando que habían logrado lo que querían por sí mismos, y que todo lo que existía ahora no podría haber sido de otra forma. Finalmente, me declararon peligroso y amenazaron con encerrarme en un manicomio si no guardaba silencio. Entonces, un dolor indescriptible invadió mi alma, como si mi corazón se retorciera y yo estuviera a punto de morir. Y en ese instante... me desperté.

Era de mañana, aunque todavía estaba un poco oscuro, eran alrededor de las seis. Me desperté en el mismo sillón donde me había quedado dormido; la vela se había consumido por completo. Todos seguían durmiendo en la habitación del capitán, y un extraño silencio reinaba en nuestro apartamento. Me levanté asombrado: nunca me había ocurrido algo así antes, ni siquiera en lo más mínimo; jamás, por ejemplo, me había quedado dormido en ese sillón. Mientras permanecía de pie, tratando de recuperarme, de repente vi mi revólver cargado, listo para usarse, pero lo aparté de inmediato. ¡Oh, vida, vida! Levanté mis manos y, sin palabras, con lágrimas, invoqué la verdad eterna. Un éxtasis desbordado inundó mi alma. Sí, vida, y difundir la buena nueva. En ese momento decidí hacerlo, y juré dedicar toda mi existencia a ello. Llevaré el mensaje, quiero llevarlo, ¿pero el mensaje de qué? De la verdad, porque la he visto con mis propios ojos, la he contemplado en todo su esplendor.

Desde entonces, he estado predicando. Además, amo más a aquellos que se burlan de mí que a cualquier otra persona. No sé por qué es así y ni siquiera puedo explicarlo del todo, pero lo siento con bastante claridad. Me dicen que soy una persona confusa y dispersa, y si lo soy ahora, ¿entonces qué seré más adelante? Es verdad: soy confuso y disperso, y seguramente cometeré errores antes de aprender cómo predicar, cómo encontrar las palabras correctas, cómo hacer lo que tengo que hacer. Es una tarea inmensa, y lo sé bien. Pero, escuchen, ¿quién no ha cometido errores? Al final, todos avanzan hacia el mismo objetivo, desde el sabio más erudito hasta el ladrón más vil, aunque cada uno siga un camino distinto. Es una vieja verdad.

Sin embargo, esto es lo nuevo: no puedo estar demasiado equivocado. He visto la verdad; la he visto, y sé que las personas pueden ser hermosas y felices sin dejar de vivir en este mundo. No quiero ni puedo aceptar que el mal sea el estado natural de la humanidad. Esta fe mía es motivo de burla para otros, pero, ¿cómo podría abandonarla? He visto la verdad. No es una invención de mi mente; la he contemplado con mis propios ojos, y esa visión ha llenado mi alma para siempre. La vi con una perfección tan absoluta que no puedo dudar de que las personas puedan alcanzarla. Entonces, ¿cómo podría estar equivocado?

Es cierto, cometeré errores, tal vez usaré palabras torpes, pero no será por mucho tiempo: la imagen viva de lo que vi siempre me acompañará, y me corregirá y me guiará. Estoy lleno de coraje y esperanza, y seguiré adelante incluso si es una misión que me tome mil años. Al principio pensé en ocultar el hecho de que los terminé corrompiendo, pero eso fue un error, mi primer error. La verdad me susurró que estaba mintiendo y me corrigió. Sin embargo, no sé cómo establecer ese paraíso, no sé cómo ponerlo en palabras. Desde mi sueño, he perdido el dominio de las palabras más esenciales. Pero no importa; seguiré adelante, seguiré hablando, porque vi la verdad con mis propios ojos, aunque no pueda describirla plenamente.

Los que se burlan de mí no comprenden eso. Dicen que

fue un sueño, un delirio, una alucinación. ¡Oh! Como si eso tuviera alguna importancia. ¡Y se sienten tan orgullosos! Un sueño, ¿qué es un sueño? ¿Acaso nuestra vida no es también un sueño? Y te diré algo más: incluso si este paraíso nunca se materializa —y entiendo que podría simplemente no hacerlo—, voy a seguir anunciándolo. Y es tan sencillo como esto: en un solo día, en una sola hora, todo podría resolverse. Lo fundamental es amar a los demás como a uno mismo. Eso es lo esencial, y una vez que lo comprendan, todo se organizará por sí solo.

Y, sin embargo, es una verdad antigua, repetida miles de millones de veces, pero que nunca ha formado parte de nuestra vida. Porque la conciencia de la vida se considera más valiosa que la vida misma, y el conocimiento de las leyes de la felicidad más importante que la felicidad. Esa es la lucha que enfrentaré, y lucharé. Si tan solo todos lo desearan, todo podría cambiar de inmediato.

He encontrado a esa niña… y continuaré, seguiré avanzando.

Índice